マイ・ライフ

三歩進んで二歩さがる

「マイ・ライフ」発刊委員会・編

文芸社

目次

マイ・ライフ

三歩進んで二歩さがる

一緒にいられるということ

吉村　奈保子　大阪府

私の母はシングルマザーだ。二十歳で結婚しすぐに姉を出産。その一年後に私を出産した。

母は社交的な性格で、初対面の他人とでも馬が合えば連絡先を交換し、友人の数は数知れない。平日の勤務後も予定がいっぱいで、休みの日も自宅で過ごすことはほとんどない。良く言えばフットワークが軽く前向きな性格だが、悪く言えば落ち着きがない。

ひとつ年上の姉はというと、自由奔放な母のようにはなりたくない、と学生時代は自炊をし、地道にアルバイトをして貯金をするような真面目でしっかり者の人間である。

母がシングルになってから、私達姉妹を世話してくれたのは祖父母だ。もちろん祖父母と同居、身の回りの世話から学校行事まで全て二人の協力なしには成しえなかった。

いつでも優しい祖父母と、しっかり者の姉の後ろに隠れてぬくぬくと甘やかされて育ったのが、次女の奈保子。そう、私である。

嫌いなものは叱られても食べなかったし、とにかく泣いて訴えればある程度は自分の思い通りになった。次女ということもあり家の中では少々わがままに育ってしまったが、一歩家の外へ出てみると、母とは違い内向的で引っ込み思案な性格であった。それでも小さな頃から勉強も人並みには出来、あまり努力しなくても大抵は上手くいくことの方が多かったように思う。大病や大怪我をしたこともなければ、辛い思いをしたということも思い出せない。平凡だが、恵まれた幸せな人生を歩んできたのだと思う。

だが、そんなぬるま湯にばかり浸かっていられないのが人生である。山があれば必ず、谷はやってくるのだ。

学生時代から八年間交際した彼と二十八歳の時に結婚。その一年後に妊娠していることが判明した。子どもが大好きな彼は妊娠を喜び、当時仕事をしていた私に気遣う言葉をかけてくれ、一緒に将来の話を語るなど、ごく当たり前の幸せな日々を過ごしていた。

九週目の頃に一卵性双生児であると診断され、かかりつけの病院から総合病院に転院することになった。自宅からは遠く、待ち時間も長い病院だったが、一度に二人も子どもが出来るなんて！　と子ども達のことを想うだけで苦にはならなかった。

いつも無口だが、時間をかけてエコー検査をしてくれる担当のおっちゃん先生。

「うん。この調子でね」

診察が終わった時に必ず言う一言である。身支度を手伝ってくれる看護師さんの笑顔と、流れるようなカルテの書き込みの手元を見ながら、

「今日も元気に大きくなってくれていた。ありがとう」

ほっとおなかに手をやる。そういう診察の日が三回ほど続いた頃だった。

診察後にいつもの一言がない。その時は気には留めなかったのだが、カーテン越しに感じる先生と看護師さんの小声の気配。おかしいなと思った。一人で身支度を整え、恐る恐るカーテンを開けると、おっちゃん先生がペンを置いて私に改まった。その瞬間、

『あぁ。赤ちゃんになんかあったんや』

胸の下の方がきゅうっとなった。

・双子のうち一人の心臓に大きな疾患があるということ。

・大きな心疾患を持って生まれてくる子どもの多くが、染色体に異常をもっている可能性が高いということ。

淡々と説明をするおっちゃん先生。頭が真っ白になった私は、説明後顔をあげて挨拶する事すらできなかった。

自宅に帰ってからは何時間も夫と話をした。医師の話した内容をしっかり説明できたかどうかよく覚えていない。話すことで頭の中が整理できるのでは、とも思っていたがどんどん気持ちが落ち込んでいくのが分かった。

何時間も話しあった末、静かに夫が頭を下げた。

「羊水検査、受けてくれへんか」

夫の意外な一言に、手足が急に冷たくなるような感覚を覚えた。

私は、医師の提案にあった羊水検査（染色体に異常があるかどうかを調べる検査）は受けるつもりはなかったのだ。異常があろうがなかろうが、私の出産の意思は変わらなかったし、羊水採取の際に胎児を傷つけてしまうリスクがあることも選択を迷わせた。なにより、出産前に障害があると診断されることが堪《たま》らなく怖かったのだ。

夫も同じ意見であると思っていた。たちまち大声を上げて涙を流し、泣きわめく私のそばで、夫も静かに涙を流した。

感情的になりやすい私とは正反対で、喧嘩をするとおどけてみせたり、笑えるような一言を放って私の戦力を萎《な》えさせる。冷静で理屈っぽいところもあるが、私のことをよく理解してくれている優しい夫。彼が涙を流す姿を見るのは、これが初めてだった。

夫は静かに、でもしっかりと意思を持った言葉で私を説得した。結果を知ることはこれから育てていくための心づもりであり、前向きに出産するための準備の一つだ。そういう風に考えてみることはできないか、と。

二人で何時間にもわたって話し合い、二週間後羊水検査を受けることを承諾した。

双子達はおなかの中で仲良く大きく成長し、予定日より四十日早く私達の元へやってきた。切迫早産で緊急出産だったが、迅速な対応のお陰で小さな命は一命を取り留めることが出来た。

手のひらの中にすっぽり収まるほど小さな頭。チューブや点滴の管にまみれて痛々しく感じたが、子ども達はというと大きなあくびをしてみたり、耳をポリポリと掻いてみせたり、穏やかな表情を見せてくれていた。

ＮＩＣＵ（新生児集中治療室）へ毎日搾乳した母乳を届け、一日の大半を二人の保育器の前で過ごす日々が三か月ほど続いた。何かのために、誰かのために、これほどまで一生懸命になったことがあっただろうか。

現在、子ども達は二歳。

結局、出産してからの詳しい検査で双子それぞれが心臓疾患だけでなく他の病気を合併していることが分かった。想像していたよりもはるかに壮絶な闘いとなったのだが、この二年のうちに甘ちゃんだった私の根性も叩き直され、前向きに病気と向き合えている。

最近では、気候の良い日には必ず戸外へ出るように心がけている。子ども達が、これから社会に出ていくためにも、たくさんの人に二人の現状を知ってもらう必要があると考えたからだ。酸素のチューブをぶら下げて、お揃いの服を着て遊んでいる二人は珍しい。たくさんの人が声をかけてくれ、近所ではちょっとした有名人だ。今まで苦手だった初対面の人との会話も、まだ得意ではないが進んで出来るようにもなってきた。

私の母は、そんな娘を見て、

「あんた、子ども出来て変わったなぁ。強くなったわ」

と言った。以前の私には絶対そんな言葉をかけることはなかっただろう。

子ども達がここまで大きくなれたのは、病院関係者の方々だけでなく、本当にたくさんの皆さんのお陰である。色々な人の力を借りて子ども達だけでなく、私達両親もここまで成長することが出来た。

これから先も手術を控えており、子ども達の将来にも不安はあるが、この二年間ほとんどを病院で過ごした私達は、きっとどの家庭の両親よりも子どもと過ごすことが出来る時間のありがたさや大切さを知っている。

だから大丈夫。近道なんてしなくても、回り道や立ち止まることがあっても前を向いてしっかり歩んでいこう。今こうして家族揃って過ごすことが出来る奇跡に感謝して。

私の運命

ぐれいす　愛媛県

　核家族で育ち「鍵っ子」だった私は大家族に夢を抱き、田舎に嫁いだ。しかしそこは、五、六十年ほどタイムスリップをしたような昔の生活だった。田舎での孤独の生活が始まった。精神的にも肉体的にも酷い仕打ちを受けることになった。

「長男だから同居しろ」義父の一声で松山から山を越えた田舎での同居生活が始まった。「生まれてくる子供には田舎の大家族も楽しいかもしれない」と無知な私は軽く考えていた。これが地獄の始まりだった。

　同居した家には義父、義母、義妹三人、義母の母が暮らしていた。家族の食事、掃除、洗濯は嫁の仕事、私は「嫁」だった。明治ではない。昭和六十年だ。テレビドラマ「おしん」そのもののように感じ、核家族で平凡に育った私には「奴隷」としか思えなかった。

　ありがたいことにすぐ長男が生まれ、ベビーカーに乗せて外に散歩に行くことで、息苦しい空間から逃れる唯一の楽しみができた。

ある暑い日、店で息子とアイスを食べた。子供と楽しい時間を過ごし家に帰ると、「アイス食べよったやろ。無駄使いせられん。ウロウロせられん」と姑と小姑に怒鳴られた。お金の管理は姑がしていた。水屋に入れられた財布からお金をもらい、食事の為の買い物をしていた。唯一の息抜きの小さな楽しみの時間が崩れた。

その後、長女が生まれ、次男が生まれ、外から見ると幸せな家族生活のようだった。しかしその頃から子供の父親の不倫が始まっていた。相手はスナック勤めの人だった。裏切られ、これでもかと精神的に追い詰められた。

不倫の二人は、京都、ハワイと楽しく旅行していた。家にはあまり帰らない日が続いた。義父の会社の金を好き勝手に使っていた。誰も本人に注意する人はいなかった。

あまりにも私が注意するので家族会議が始まった。夫側の親戚一同が集まり、私を取り囲んだ。「男が女遊びをするのは当然じゃ。旦那が女遊びをするのは嫁が悪いんじゃ。それをわーわー言う嫁がうるさくて息子は帰れない。息子は可哀そうだ」と親族一同から罵《ののし》られた。その上に「公務員の娘のくせに文句を言うな」と、意味が解らない言葉で追い詰めてきた。精神的苦痛を受ける日が続いた。私は田舎で一人、孤独だった。

唯一の楽しみは子供達との時間だった。子供が大好きで心の支えだった。子供が大きくなるに連れて、公園友達、幼稚園友達、小学校のクラスのママ友と友達の輪が広がった。

子供のおかげで友達の輪が広がり、その時間が私を癒してくれた。精神的に救われた。奴隷のような生活や、浮気という裏切られた苦しみの生活から、友達や子供達との触れ合いの時間により救われた。

ある日、一通の手紙が来た。「私はあの人と五年も付き合っている。なぜ気づかない？あなたのことは嫌いと言っている。早く別れて」そして電話では「早く出て行ったら？」と。その上に「私になかなか子供ができなくて今、不妊治療をしている」などと、変なことを言われだした。

どうしていいかわからなくなった私は、一日中動けなくなり、ボーッとする日が続いた。そんな頃友達が話しに来てくれた。「私は三人の母だ」ふと気づき、命拾いした。

このまま家を出られない。長女は体育大会のベル係を楽しみにして、次男は幼稚園のお別れ遠足を楽しみにしている。

自分のことより、子供達のことばかり考えるようになった。そして、山へ海へ公園へと、家から逃げるように子供達と外へ出かけるようになった。泊まりがけで自然体験旅行にも行った。

そんなある日突然、義父に長男を連れて行かれた。私の子供なのに、家の人にすると「家の長男」だった。義父の部屋ではビデオは見放題、テレビゲームもし放題、大好物のアイスも食べ放題だった。その上義父から「おまえの母親は悪い奴じゃ。お前はこの家の八代目じゃ」と毎日言い聞かされていた小学四年生の長男は、とうとう私の所に帰ってこなくなった。厳しい母親よりはやさしい祖父のところを選んだのだろう。その家は長男を大事にする家だった。夫は浮気をして帰らない、大好きな子供は取り上げられる。私の精神は完全にボロボロになっていた。

そして最後の決闘の日が来た。長男の取り合いである。

「私の子供です。私の息子を返してください」

義父は殴りかかってきた。玄関の外に投げ出された。その上からまだ義父は殴ってきた。

「お前は悪い嫁じゃ。悪い母親じゃ。出て行け〜」警察が来て止めてくれた。どんなに殴られても痛くなかった。長男を取り戻したかった。必死だった。しかし、長男は帰ってこなかった。

気がつくと殴られて泣いている私のそばに、七歳の長女と五歳の次男がしっかり寄り添って泣いていた。『家は出よう、これ以上この子達に悲しい思いをさせられない』二人を抱きしめた。次の日知らない間に次男が私の母に電話していた。

「ばあちゃん、母さんが殺される。迎えに来てや」

母が迎えに来て私は実家に帰った。頭痛で苦しみ病院に行くと脳の半分が真っ白だった。実家に帰っても『話したい。会いたい。抱きしめたい』頭の中は離れた長男のことでいっぱいだった。また違った苦しみの毎日が続いた。

『何かしてないと苦しい』と、お惣菜屋さん、パソコンインストラクター、電話帳広告制作、ホームページ制作と忙しく働いた。

狭い日本の苦しい田舎生活を経験したせいか、子供達には広い自由な世界に羽ばたく人になってもらいたかった。海外の人達と触れ合いさせたくてホームステイも受け入れた。外国の人に何か関わろうと働きながら日本語教師の資格を取った。その後英語をやり直そうと大学に入り、四十一歳、私は高校教師になった。ずっとそばで支えてくれた子供達は中学生になっていた。

高校教諭になってみると、困っている生徒達、悩みの多い保護者達が多いことに気がついた。

『経験だけの助言より勉強をしてしっかりした助言で助けたい』

自分の心のわだかまりも解決したくて仕事をしながら行ける大学院を探した。三年通い臨床心理大学院の修士号を取得できた。

今は高校教諭をしながら、様々なセラピーの勉強会に出席している。臨床心理の勉強をしたおかげでいい仲間にも出会えた。素直に自分を表現でき、自分自身を見つめ直す機会にも恵まれた。自分の心も少しずつ整理がついてきた。

現在の子供達、次男は二十五歳、酒蔵で日本酒を造り世界に日本酒を広めたいと頑張っている。長女は二十七歳、青年海外協力隊員、任務終了後帰国し、東京で就職している。

子供達が独立し、人間最後は一人になるんだと、実感した。子供達はイライラしてうるさい母から独立し、いつの間にか立派に成長していた。今まで支えてくれた子供達に感謝したい。子供達にいらいらをぶつけてきた自分を反省した。子供達が成長した今、新たな自分の将来を考えるようになった。

『一人で寂しいと言ってられない。もっと心理の勉強がしたい。もっと外国語を勉強したい。そして困っている子供達、親達を助けたい。そんな場所を作りたい』

時は流れている。人生は一度きりだ。苦しかった十一年間を取り戻そうとしているのか私は止まれない。やってみたいことが溢れ出る。臨床心理の勉強を通して私は変わった。死にそうになった時、目覚めさせてくれた友達、ありがとう。泣いていた時、いつも寄り添って座っていてくれた娘、息子よ、ありがとう。

まだまだ変化したいと思う。苦しいことを乗り越え、変化し続けるこれからの自分が楽しみになってきた。

アマダレ　イシヲ　ウガツ

迎　博　福岡県

私の父は、終戦で復員後、佐賀県佐賀市で、建物の塗装や看板に文字や絵などを描くペンキ屋を営んでいた。

ペンキ職人としての父の腕は確かで、得意先の評判も好《よ》かった。ただ、短気で怒りっぽく、人使いが下手で、住み込みの若い職人さんを一人雇っていたが、なかなか長続きしなかった。代わりの職人さんもすぐには見つからず、人手が足りない時には、父は、長男の私に家業のペンキ塗りの手伝いを頼むようになった。

「仕事が忙しかけん、手伝いに来てくれんか」、父から初めて声をかけられたのは、昭和二十六年、私が中学二年の夏休みの時だった。蝉の鳴き声が喧《やかま》しく聞こえる中で、現場の足場にこわごわと上がって、父に教わりながら、ぎこちない手つきで、汗だくになって、建物の板壁のペンキ塗りをしたことを今でも覚えている。

その後、職人さんが来なくなったこともあって、日曜・祭日など学校が休みの日には大抵、手伝いを頼まれるようになった。もともと絵を描くのが好きで、筋が良かったのか、手伝いを始めて一年ほど経った頃には、私のペンキ塗りの腕は、職人さんと比べてもあまり見劣りしなくなっていた。父は即戦力として私を頼りにするようになり、高校に進学してからは、平日でも学校から帰宅後、急かされるようにして手伝いに出掛けていた。

手伝いの現場へは、ペンキの染み付いた仕事着で、荷台に塗料缶や刷毛を括《くく》って、中古の自転車で通っていた。北風が吹き付け小雪のちらつく寒い冬の日に、足場に上がって、かじかんだ手で建物の窓枠のペンキ塗りをしたことや、太陽がじりじりと照り付ける暑い夏の日に、顔や腕にひりひりとした刺激を感じながら住宅の板塀の防腐剤塗りをしたことなどが辛かった思い出として残っている。中でも、手伝いが夜なべ仕事となることもしばしばあって、大学への進学を志望していた私にとって、受験勉強が人並みにできなかったことが一番辛かった。級友たちは放課後、補習授業を受けたり、塾へ通ったりして勉強しているのに、何でおれだけが、と大変悔しい思いをした。入試の模擬試験で成績が悪かった日などには、悔しくて堪らず、重たいペダルを力任せに踏みながら、現場から夜道を帰っていた。「学校から帰ったら、すぐ手伝いに来んといかんばい」、毎朝、そう言って現場へ出掛けて行く父への不満が募り、いっそ大学への進学を諦め、家出してやろうかと思ったことさえあった。

私が自棄《やけ》を起こしはしないか、心配した母が、「あんた、『雨垂れ石を穿《うが》つ』という諺を知っとんね。諦めたらでけんよ。雨垂れでん打ち続けとれば、仕舞いには固い石に穴をほがすことができるとよ。もう少し辛抱して頑張んしゃい。そしたら合格でくっさい」と佐賀弁丸出しで、珍しく語気を強めて励ましてくれた。そして時には、「参考書でも買わんね」と父に内緒で、小遣いをそっと渡してくれることもあった。貰った小遣いを持って、急いで近所の本屋へ行き、受験雑誌「蛍雪時代」を手にするのが何よりの楽しみだった。

私が現場で家業の手伝いをしているところを、たまたま見かけていた高校の学級担任の先生も、「辛いと思うが、大学への進学、諦めたらいかんぞ。おまえなら、頑張れば合格できんことはなか」と元気づけてくれた。また、現場で出会い、親しくなった大工や左官の職人さんが、「大学出とらんと、出世できんばい」と肩を叩いて応援してくれた。

母をはじめ周囲の人たちからのこうした励ましで、何とか気を取り直し、なにくそ級友たちに負けてたまるか、と手伝いで疲れた体に鞭打ち、眠たさを堪《こら》えて深夜まで受験勉強を続けた。

その甲斐あって、難関の第一志望の大学に合格することができた。地元の新聞社の前に貼り出された合格者名簿の中に自分の名前を見つけた時には、嬉しさのあまり、思わず「母ちゃん、石に穴がほげたよ」と叫んだ。私が家業を継ぐことを願っていた父も、親戚や近所の人たちからお祝いの言葉をかけられ、さすがに嬉しかったとみえ、大学への進学に反対はしなかった。母は「こいで、父ちゃんも、あんたにペンキ屋を継がせるのは諦めるやろ。こいからは、あんたの好きな道を進めるやんね。よかったね」と涙ぐんでいた。

「雨垂れ石を穿つ」、母が教えてくれたこの諺は、その後、バイトをしながらの大学時代、そして背広姿のサラリーマンに憧れて就職した会社員時代においても、挫《くじ》けそうになった時に、支えとなり、頑張る力を与えてくれた。お陰で、今日に至るまで、私なりに悔いのない人生を送ってこれたように思う。母には大いに感謝している。

明治の最後の年に生まれ、大正、昭和、平成と逞しく生き抜いてきた気丈な母も、高齢には勝てず、二年ほど前に、天寿を全うし、百一歳で他界した。亡くなる半年ほど前、耳が遠くなり会話が困難となっていた母に、「雨垂れ石を穿つ」と大学ノートにサインペンで大きく書いて、見せたことがある。母は書かれた文字をじっと見つめ、「アマダレ　イシヲ　ウガツ」と途切れ途切れながらも声を出して読み、何度も頷いていた。六十年近くも前のことになるが、大学受験で悩み、自棄《やけ》を起こしそうになっていた私に、この諺を教え、励ましたことを、母はきっと覚えていたに違いない。

昨年、母の三回忌の法要を済ませたが、今でも墓参りの際には、「母ちゃん、『アマダレ　イシヲ　ウガツ』忘れとらんよ。おいも喜寿を迎えたばってん、こいからも生きがいを持って、前向きに粘り強く、母ちゃんに負けんごと頑張るけんね」と天国の母に話しかけている。

天がくれた道しるべ

朝水《あさみ》　かな　東京都

「五十パーセントです」白衣のほうから静かな声がする。今夜がヤマだという。私の頭の中は真っ白、何を言われているのか理解できない。いや、わかりたくない。

その年のお正月、ここ何年か恒例になっている家族旅行をした。母、夫と私で千倉の海に来ていた。それは、今までに見たことがない穏やかで静かな情景だった。私の中の小さなこだわりやストレスを無くしてくれる。あまりの感動に泣きそうになり、こんなに幸せな気持が怖いとも思っていた。

吉祥寺の裏通りで、夫と飲食店を始めて十三年。五年くらいは暇で掃除ばかりしていたが、今では、二人の昼食が夕方過ぎになるほど忙しくなっていた。そんな二人の楽しみが定休日の日曜日に通うテニススクールだ。

まだ肌寒い三月の日曜日の朝、いつもの様に、別のクラスでテニスを終えクラブハウスに戻る。一足先に居た夫の様子がおかしい。昔からスポーツをやっていたこともあり、いつも元気人と呼ばれていたのにベンチでじっとしている。

「気持ち悪い。みぞおちの辺りが苦しい」

我慢強いこともあって、そんな言葉は今まで聴いた事がなかった。

三十分後、救急車で休日診療の病院へ。当直の医師の診察で心電図の異常を見つけてくれた。風邪かも知れないし、大動脈瘤の可能性もあるということで、緊急入院となった。テニススクールからそのまま来た事に気づき大急ぎで帰宅し、入院の準備や連絡、店の取り敢えずのお休み告知など済ませて、病院に戻る。

病院では大騒ぎで、非番の心臓病担当の医師が心電図を見ながら、ここでは手術の設備が無いので救急搬送するという。

心電図を視ていると、波型のラインの一本が直線に変わった。「これは、機能停止のこと？」と思うと同時に先生が焦る。受け入れ先もなかなか見つからない。

やっと新宿の病院に決まった。移動中にも伸びや欠伸《あくび》もしないように見張っていてくださいと、医師が私に念を押す。二度目の救急車の中、わたしは気が動転し、手は震え、結婚して十数年で初めて自分の名字を間違えて書いた。

あれから八時間近く経っている。手術室の空き待ち。私は義母と待合室にいる。医師からの説明と手術の同意書、抵抗はあるが、数枚に署名をする。

心筋梗塞の場合、通常は、発作が起きてから四時間で亡くなるという。夫の場合、まだ意識があるので手術してみるという。

夫の話では、やっと自分が手術室に入れた時には発作から十時間以上経っており、医師の誰かが「今さら死人を手術する意味無いだろう、手術は止めよう」と言っていたそうだ。そこへ別の医師が、「せっかく来たのだから意識もあるし手術しよう！」と言ってくれて、夫は助かった、その医師は命の恩人だと今でも感謝している。

手術が終わっても医師に笑顔は無い。術後の経過によっては、まだまだ安心はできない。しばらく集中治療室で様子を観ることになった。辺りはすっかり、夜中になっている。昼間テニスで楽しんでいたとは思えないくらいに、その日は長い一日だった。

いつもは気丈夫な私だが、人の生死の場面には慣れておらず、夜、一人になると泣いていた。無宗教のわたしが神頼みをして、私の命をあげる代わりにと夫の生還をお願いしていた。三晩泣きはらした後、テレビで『細うで繁盛記』の類の番組を見て、悲しい涙を封印した。画面に映った女性達の逞しい姿がわたしに勇気をくれた。

この時、また同居の義母の優しさに感謝した。三日間、食がのどを通らずに動いていた私に、身体にやさしい煮魚や煮物を毎日作って待っていてくれた。家族のありがたさを痛感した時だった。

「店を閉店にしてもいいよ」と夫が言っていたが、戻ってきた時に帰る場所がないのは気力がなくなると思った。それからである、これからは私が夫を守っていくんだと決意した。

店は延ばし延ばしで一週間休んだ。夫の夢だった店をなんとか再開しないと、それが目《もっ》下《か》の自分の役目だ。見舞いをしながら考えていた。

人を雇う余裕は無いし、一人で出来る広さではない。セルフサービスにして、自分はカウンターの中にポジションを置き、お客様に動いてもらうしかない。

十八席が満席になる時もあったが、セルフにすれば、当然お客様は減るだろう。夫の方針は、細くでもいいから永く続けたいことだった。もともと忙しすぎて倒れた事を思えば、仕事場があることに感謝しながら態勢を整えていこう。

帰る場所として、私は店の再開の準備を始めた。

店の掃除をしながら、模様替え。カウンターにレジを置き、開店したらランチ作りに集中できるようセットする。コップ、調味料、箸、スプーン、細かいものは数を多めにセットして洗い物を置いておけるようにする。

仕入れは週一でまとめ買いにし、お見舞いを午前中と夜にして、営業時間の短縮、自分ひとりで無理せずに動く事が出来るスケジュールにした。

再開に関しては有り難いことに、義理の姉が皿洗いくらいなら手伝うと申し出てくれて、心細かった私はしばらくランチ時だけでもと、お願いして来てもらった。

こうして再開した店だが、常連さんが一巡すると店の様変わりでお客離れが始まった。しばらくして仕事のパターンに慣れてきたので、お手伝いをしてくれた義姉に感謝して一人態勢に移行していった。

緊急入院から二週間で、夫が退院した。自宅療養の条件付であるから、しばらく店には出られないが、家にいるという安心感を得られた。

それに仕事から帰ると、入院中ずっと生死が五十パーセントだったが、のほほんとした笑顔が毎日迎えてくれる。もっともしばらくは、帰宅しても、生きているかどうか顔を見るまで不安な日々が続いた。

それから一月《ひとつき》くらい、ガンバリ屋の夫はリハビリのため通院しながら、自分でもひたすら歩いた。さらに一月経ってから仕事復帰した。店の形態はセルフサービスを続行し、夫が慣れるまで二人が厨房で働いた。店は低空飛行になっていて、二人になってまた店の雰囲気が変わると、来るお客様もまた変わってきた。

相談の結果、店を夫に任せて私はパートで働く事にした。半年くらいはランチを手伝い、他で働きながら店のマイナスを補填《ほてん》した。そうこうしている内に、完全に店を任せて私はフルタイムで仕事をすることになる。

店はそれなりに新しいお客様も来るようになり、夫はマイペースで営業できるようになっていった。

その時から約十年、夫は一人で持病を抱えながら店を続け、開店から二十二年で閉めることを決心した。

そして、さらに十年経った今、二人は還暦になり、もらった命を人のために使おうと、ボランティア活動もしながら、充実した日々を過ごしている。

忘れ得ぬ言葉

佐々木　ユキ子
岩手県

八月五日床に就いてから
けたたましく電話のベルが鳴った
五十歳になった娘からだ
「お母さん」分かる
今日ネ　私の誕生日ですよ
娘は…深夜十一時五十八分ネ…と
誕生日の時間まで知っていたのだ
お母さん
生んで頂いてありがとう
私の胸の中にジーンと響き

言葉を出せなかった
娘の誕生日を
すっかり忘れていたのだ
あ…お母さん…忘れてた
御免　ごめん
ううん　いいの　私を生んでくれた
御礼を云いたかっただけなの
ダイヤモンドよりも
美しく煌《きら》めいた言葉
親の立場　子の立場
五十歳の娘から教わった
幸《しあわせ》の一瞬
　育てて良かったと……
　　　　　（今は成人した二子の母親となった娘）

今の世相は毎日のように、無差別殺人・通り魔や、学校では「いじめ」による自殺と、相次ぐ無惨な行動に嘆くばかりです。

そして我が家の遠い昔をなつかしく偲びます。私ども夫婦は晩婚でした。

主人は大正生まれ、男盛りを大東亜戦争に日本国の軍人として出征し、生死をさ迷い生命を拾い復員した人です。

私はあの大戦の内地で学生生活、学問とは名ばかり、何より人間として生きる最低の条件、食べて生きることに事欠きましたが、当時の日本国民は、野草を食べ水を呑みながらでも、国のためにと生命を大事に生き延びました。

女学生は学徒動員の名のもと、山に登り「松の根」を掘り、松根油《しょうこんゆ》を生産して、油不足の国のためとの信念から、懸命に堪え山に登り掘り続けました。また体育の時間に教練という特殊科目があり背丈より高い「薙刀《なぎなた》」を手に、アメリカ兵が上陸したら、天まで届くような声を張り上げ、襲いかかれとの指導のもと「エイ、ヤー」と、心・身を鍛《きた》えました。

振り返り見れば現代の科学時代には笑い種《ぐさ》のような教育でした。教練の指導者は教官と呼ばれる軍人です。軍服にマント（外套《がいとう》）を纏《まと》い、長い軍刀を腰に歩く度金属の擦《す》れる音が、ガチャガチャと響いて怯《おび》えたことを忘れません。膝までの長い皮のブーツ・帽子には軍人階級（中尉）と、厳《いか》めしい雰囲気、肩には星を並べ将校の偉さです。とにかく戦時の世相は日々緊張し怯《おび》え通しの暮らしでした。

昭和二十年八月十五日・戦争の終結を天皇陛下が宣言され、私共は敗戦を悲しみそして喜び、生命に不安のない安堵感、平和の尊い喜びでした。

昭和三十二年、私共夫婦にとって何ものにも替えがたい娘の誕生は、宝としか思いませんでした。

こんなにも、いとおしいものか、その愛の子に、私共は大変な過ちを負わせてしまったのです。

貧乏生活から生じた不注意により、十ヶ月の赤子に膝から下に第三度の火傷《やけど》を負わせてしまったのです。即入院のもと四十度近い高熱・言葉も出ない乳児の、悲痛な呻《うめ》き声を耳に、生死をさ迷い生き抜いた娘です。

不束《ふつつか》な親として、付添《つきそい》は身を千切るほど苦しかった。唯々心に謝罪、包帯の上から膝に手を添え包み、唯々御免ネ、御免ネと言葉で謝り続けました。

十ヶ月乳児のあの強《したた》かな生命力で、私共は神仏の授かり娘のように思い育てましたが、火傷の皮膚《ふ》のケロイドは、成長と共に大きくなるのです。子供たちからは気持ちが悪いとはやされ泣いて帰りました。現代の「いじめ」です。

私は娘のケロイドの膝を両手で包みながら、「御免なさい」「御免なさい」と謝り続けました。

祖母も主人も、いじめをした子の家庭に憤然と抗議し、娘を励まし守りました。中学校に進み尚いじめが続きました。主人は学校に相談・校長先生は誰とは云わず、即、朝礼で、「野口英世」の例を以って注意して頂き、担任の先生は道徳精神を強く、注意をして頂きました。

娘は厚く被《かぶ》さるケロイドにより、青春期に向かう胸中は悲しく苦しんだと思いますが、ある日友人に話した娘のやさしい心情を知りました。「火傷」のことを話すと両親が悲しむので、家では禁句と言ったと……この不束な親に対しての思いやりの心に主人と涙しました。

高校のクラブ活動はバスケット部でした。練習に長ズボンを穿《は》いて先生より、短パンにしろと強く注意され、どうしても火傷のことを話せなく、苦悩の末猛然と決断、弓道部に編入し、岩手の弓道の国体の選手として挑戦、苦行を乗り越えた娘、ケロイドと共に成長、身長は一メートル六十センチ、分別のある利発な娘に育ち、小学校教師の道に進み、子供に対し思いやりの気遣いで働き、早や定年を迎えようとしています。

子供のいじめ・自殺の事件を聞く度、私は切なく、わが娘が強《こ》く素直に育ったことが、何よりうれしく感謝するばかりです。前題の「忘れ得ぬ言葉」は、私にとってどれほど尊く、重い愛の言葉に刻《きざ》まれた八十五歳の心中です。

回想

今年も静かに昏《く》れます
光に満ち　みちて
春の芽吹きを見ました
夏の酷暑にも耐え抜きました
祭りの躍動に元気を貰いました
夏草が枯れ虫の音に
寂しさを感じました
秋の最後を飾る紅葉《もみじ》しぐれを
浴びながら
その美しさに見とれました
広い大地を埋めつくし
雪が深深《しんしん》と降り積もっています
みんな　みんな胸に納め
絶望はなかったのに
唯　涙がこみ上げます

でも……なんとなく幸せです
今年も静かに　静かに
　遠くに霞んで行きます
　　（八十五歳の胸の思いに）

彩りの多い人生に憧れて

宮崎　七海
埼玉県

夢で遊ぶ。
幼いころから、未来の自分を想像して、夢の中で遊ぶことが好きだった。
歌手　スチュワーデス　英語を使って世界中を渡り歩く仕事。

小さいころから、彩りの多い人生に憧れていた。
年齢を重ねるにつれ、夢がどんどん遠のいた。

父親の会社が倒産。
大学進学の道も閉ざされた。

「夢で飯は食えない」その言葉が身に染みた。

ふつうの会社員になって、ふつうのお嫁さんになって、ふつうのお母さんになる。いつからかそれが夢になった。

私は会社員になり、25歳で結婚、26歳でお母さんになった。

2人の子供にも恵まれた。

波乱万丈でなく、ありふれた日常こそが一番の幸せというならば、あちこちに幸せは転がっていた。その時は、子育てに精一杯で気づかなかったけど。

下の子が幼稚園入園とともに、パート勤めを始めた。

ユウちゃんママでなく、自分の名前で呼ばれるのが嬉しかった。

タイムカードに記載されている自分の名前を誇らしく思った。

宝くじに当たったこともないのに、なぜか学校の役員決めでは大当たり。

くじ運のなさを嘆いた。

委員長、子供会会長、本部役員。

仕事、子供、家庭を犠牲にしてまでやらなくてはいけない役員ってなんなんだろう。疑問が残った。

「パートなら休めるでしょ」何気ない一言に傷ついた。

そんな時、偶然聴いた久石譲『風の谷のナウシカ』、加古隆の『黄昏のワルツ』が心に染みた。ピアノの音色に心奪われた。もし来世というものがあるのなら、こういう曲を弾ける自分でありたいと思った。


そのころから、いろいろな演奏会に通うようになった。流れては消える一瞬一瞬の美しい音楽に心から感動した。

独身時代からの趣味、山歩きも楽しみの一つ。

演奏会と山歩きは共通点がある。

いい風景、いいコンサートに出会うと、それが自分の足跡になり、自分の心に残り、それが積み重なって心の財産になる。何年たっても色褪せない。

そんな瞬間をこれからも大切にしたい。

ある日、お母さん同士の懇親会があった。たまたま隣に座ったのは、自宅でピアノ教室を開いている方だった。

「ピアノって小さいころから憧れていたんです。でも私は手が小さいし、楽譜も読めないし。ピアノって子供の時から習ってないと出来ないですよね？」

すると彼女は「そんなことないよ。ピアノはいつからでも始められるんだよ」

その言葉に引き寄せられ、レッスンに通いだした。

毛嫌いしていた楽譜は、すぐ読めるようになった。右手だけでも弾ければいいと思って始めたピアノ。

両手で奏でる自分の姿に、自分で感動した。大人になってからのピアノって本当に楽しい。

久石譲『風の谷のナウシカ』、加古隆『黄昏のワルツ』は発表会で演奏した。

憧れが現実になった。

仕事は人間関係も良く、日々充実していた。

ある日、親会社から何人も社員が出向してきた。

パートの私たちが指導係となった。時給８２０円のパートが年収８００万円の人に指導するなんて戸惑った。

「先輩が後輩に指導するのが当然だろ」上司の一言。

言われるがまま、手取り足取り丁寧に指導。

そして社員もひとり立ち。

ある日突然訪れたリーマンショック
会社は、業績不振に陥り、パート全員雇止め。
あちゃー!

テレビでコメンテーターが一言。

「世の中パートのおばちゃんで成り立っている」

ありがとう。その通り!

でもパートで回っているけど、こんなに簡単に使い捨てされるんですよ。


そんな時も、演奏会&ピアノが慰めてくれた。生きる力になった。

新しい職場も見つかった。

そして突然の出来事、東日本大震災。

主人が岩手県大槌町出身で、身内を含むたくさんの親戚を亡くした。

誰にも明日という日は約束されていない。生きているって、奇跡の連続だと改めて思い知らされた。

そのころ巡りあった演奏会は忘れられない。

一生の宝物……


ピアノはレベルが上がるにつれ、小さい手がハンディーになってきた。

オクターブ届かない自分の手を見て悲しくなった。

そんな時、脳梗塞でマヒし左手のピアニストになった舘野泉さんの演奏会に出会った。

左手だけなのに、これだけダイナミックに色彩豊かに表現できるなんて。

そうだ。私も自分にしかできない演奏、ピアノの音色を目指そう。

昨日より今日、今日より明日……

一歩一歩登っていこう。

喜び　悲しみ　移りゆく風景　日々の出来事

すべてのことを感じ、ピアノの音色に重ねていこう。
小さいころから憧れていた、彩りの多い人生をめざして……。

無事、今日を迎えた君にお疲れ様

多田　直弘　兵庫県

平成二十六年二月二十日は、私にとってサラリーマン生活最後の日。私はいつものように家を出た。大阪支店には寄らず、直行。本日同行予定の田中社員の待つ明石駅に向かった。阪神芦屋駅から直通特急に乗る。大阪梅田駅発の為か、溢れんばかりの通勤客を乗せた電車が入って来る。芦屋駅で降りる客は少なく僅かの空間に無理やり体をねじ入れた。もう、今日で終わりかという気持ちは、あまり湧き上がって来なかった。むしろ、不思議なくらい気持ちは落ち着いていた。四十日も有る有給休暇は、結局使わなかった。六十歳になったら絶対、働かないと決めていたから、一日一日を大切にしたかった。スーツ姿の自分と決別する為には、最後まで休まない方がスッキリと決別できるだろうと勝手に思い込んでいた。そして最後の日を迎えた。満員電車の隙間の無い空間の圧迫感も気持ち良く感じる自分がそこに居る。どこからか「直ちゃん、頑張ったね。ここまで頑張れるとは神様さえ想像できなかっただろうね。本当にお疲れ様でした」と聞こえたような……本当は自分で言っているだけなんだけど。

大学を卒業したのは昭和五十一年。オイルショックの煽りを受けて恐怖と感じるほどの就職難だった。希望業種だったマスコミは、すべて撃沈に終わった。NHKに入って紅白歌合戦の司会を担当するのが夢だった。日本テレビに入って巨人戦を中継するのが夢だった。現実味の無い夢に浸っていたら、いつのまにか同級生たちが入社式に出席する四月になっていた。もう就職できる可能性など、これっぽっちも残されていない。両親には「もう一年お世話になります」と情けない哀願の言葉を。

そんなある日、大学時代の友人から一本の電話が鳴った。「うちに来ないか」の誘いの電話だった。職種は営業だった。病院などで見掛けるプロパー（現在はMRと呼ばれている）と呼ばれる医薬品会社の営業マンとの事。家族に話すと口を揃えて「直弘には営業は無理」との有り難くないお言葉。失礼な！　とも思ったが、やはりよく見ている。私も迷いに迷った。両親は、就職浪人を決め込んだ私を受けいれてくれてはいたが、内心はどうだっただろう。私が家に居る事で「世間体が悪い」と感じていた筈だ。思い切って友達には「お世話になります」と返事した。その後、入社試験・面接を無事、通過して日研化学という医薬品メーカーの社員になれた。しかし、本当の闘いはここからだった。

一ヶ月の研修の後、担当地区の引継ぎが始まった。退職される先輩と神戸営業所所長との同行。緊張のあまり殆ど声を発する事は無かった。「多田君は営業向きじゃないかもしれないな」との所長の言葉も受けた。六月からは単独での営業活動が始まった。家族からの「直弘には営業は無理」との言葉が、真綿で首を絞めるように真剣味を帯びてくる。鬱々とした日々が空しく過ぎ去っていく。盆休みは、冷静にこれからの事を考え直す時間を十分過ぎるくらい与えてくれた。しかし、有り余る時間は、思考の場では無かった。同じ答えが、違う道筋を通って行ったり来たりしているだけだった。九月の初日、暑い日だった事だけを記憶している。所長に「僕には営業は無理です」と、はっきり打ち明けた。両親の悲しむ顔が浮かんだりもしたが、この苦痛から逃れたい気持ちより強い感情は生まれなかった。所長の返事は、待っていましたとばかりの文言だった。「やっぱり、君には難しかったかな。だからと言って他の部署に変われるとは考えない方がいいよ、営業マンが欲しくて君を採用したのだから。営業が嫌なら辞めるしかないよ」少しの沈黙の後、「よし分かった。支店長に相談してみる」と言って所長は席を立った。担当地区へ戻り営業活動に気持ちを切り替えようとしたが、無理だった。こんな心理状態では車の運転さえ危うかった。事故でも起こしたら、と考え無断であったが自宅に戻った。一週間ほどが、あっという間に過ぎた。

そんな時だった。大阪支店の支店次長から電話をいただいた。支店のナンバー2の立場に居る人だ。「支店長も嫌なら辞めるしかないとの考えだ。しかし、俺は辞めさせたくない。

支店長に、多田を俺に預けてくれと言って了解して貰った。月に二度ほど、姫路に行って仕事を見てやる。とにかく俺の言う通りにしろ」との言葉だった。残念ながら嬉しいという感情はまったく起こらなかった。とにかく営業から離れたいという気持ちが、すべての感情を支配していたから。しかし、両親を悲しませたくないという気持ちも嘘では無かった。支店次長にすべてを任せる事にした。月に二日間は、べったりと一緒だった。泊まり掛けで来られた時は夜の町に連れて行ってくれて、自分も営業で苦労をした話などを聞かせてくれた。少しずつではあったが、自分という人間にも今まで気付かなかった可能性が有るかも知れないと思えるようになった。間違っても自信では無い。まだまだ、ほど遠い。しかし、一緒にいる間は、気持ち良くさせてくれる言葉が次から次へと支店次長の口から発せられた。時には自分が偉くなった様な錯覚をする事も。すぐに現実に引き戻せたが、内心嬉しかった。自分の為に本気で取り組んでくれていると思った。その中でも「俺は、数多いお前のファンの一人だ」の言葉ほど自分を奮い立たせてくれた言葉は無い。私にファンなんているわけ無いのに他にも自分の事を好きな人間が存在するんだと思えるようになった。得意先の先生方の中にも自分の事を好きだと思ってくれている先生がいる筈だ。

いつの間にか努力する事に何の苦労も感じなくなっていた。当たり前の事だが、仕事をすればするほど売上が上がる。時には、全国トップを勝ち取った商品も一つや二つでは無かった。おもしろいように評価も上がってくる。心から満足できる充実したサラリーマン生活を送れるようになった。その後、社名は吸収合併により変わり役職も平社員になった。そして、そのまま定年を迎える事になったが、まったく後悔していない。全力投球。最後の最後まで全力投球を貫けた自負が自分を支えている。同期がすべて他の部署に追いやられてしまった後も私一人が同じ部署に残る事ができた。

最後の半年間は自分の担当地区を持たない「若手と同行して営業を教えてやってくれ」という立場を与えられた。馬鹿だと思われるだろうが有休を使うなんてもったいない。こんな馬鹿が一人くらい居ても良いだろう。もしかしたら周りには「休んでくれた方がいいのに。迷惑だよ」と思っていた人も居ただろう。悪いけど後悔したくないから、自分の意志で最後まで勤めさせてもらうよ。それが、こんな私を窮地から救ってくれた支店次長に対する恩返しだと思っている。

そして最後の日が来た。直通特急が山陽明石駅に着いた。ホームに降りると田中社員が迎えに来てくれていて満面の笑顔で迎えてくれた。

「いよいよ、今日で終わりですね。本当にお疲れ様でした」

「ありがとう、本当にありがとう」

車に乗り込むとこれ以上無い幸福感が私を包んでくれた。

ヘロヘロ行進曲

田村　ルリ　大阪府

甘やかな花の香が漂う春の宵、娘一家と楽しく会食していた。初孫で五才の男の子は、掘り火燵《こたつ》式のテーブルの下へもぐり込んで機嫌よく遊んでいる。

五才のこれまで、何度医者にかかり、保育士さんの手を焼かせ、肝炎の私を子守にかり出したかしれない。漸く最近病気の回数が減ってひと息つけるようになった。

娘は大学の非常勤講師でその夫は転勤の多い会社員、近々単身赴任が決まっていて、子育て環境は今よりやや厳しくなりそうだった。

「お母さん、できたみたい」

子ができたのだから娘は当然にこにこ顔だ。〝来た！〟と思うと同時に私の顔はひきつった。じょ冗談じゃない、またぞろあのしんどい子育てを一から始めるっていうの！

だが、できたものをゼロになんぞできるはずもないし、有難い天からの授かりものを喜ばずば罰が当たる……と重々承知してはいるが、ああ、誰か助けてェ！

私は兄が一人いるが二十才で母を、三十二才で父を亡くし、娘二人をどうにか育てた。連れ合いの六回の転勤と三回の病気につき合って五十才の時、ウイルス肝炎と診断された。肝炎は概ね肝硬変から肝癌へ移行とスケジュールが決まっているので、この先一病息災の静かな老後を、一人の孫の成長を楽しみに過ごそうかな……などと思っていた矢先、ドドーンと孫第二弾が飛んできた。

高齢出産によくある切迫早産の懸念のため、その年の年末年始を含めた三ヶ月余り、私の居間はオギャーとオムツとミルクで埋め尽くされた。

娘の育児休暇は瞬く間に明け仕事に復帰、首もすわらぬまま保育園に預けられる次男を不憫《ふびん》がっているヒマはなく、週の何日か帰宅の遅い娘に代わり、孫達の守と給食が割り振られた。四の五の言っている場合ではない、前進あるのみのやぶれかぶれ行進だ。

ある日いつもの定期検診で担当医が、

「胃に、妙な影が」

と宣《のたま》い、即手術。医療技術の進歩で割腹せず三分の二を切り取った。お腹にひどい傷跡こそないが胃袋の大半をチョン切っているのだ、身にこたえないはずがない。横から見ると紙の様に薄い体は三十二キロ、歩く姿は幽鬼そのものだ。

そこへ東京で十年余りも報道の第一線で頑張っていた次女が、辞職し帰郷した。青春のありったけを傾け勝ち取った憧れの職業を自ら捨てるには、よほどの訳があったのだろう。つるの様に痩せ憔悴した母を、娘は黙々と看病してくれた。

弱音は吐きどおし、ヘロヘロになりながらも八年が経ち、古希も過ぎた。兄ちゃんの方は中学三年、弟は小学三年でどちらも元気に育っている。

非常勤だった長女は念願の専任講師となり、再出発した次女も順調だ。

私の肝炎はゆるやかに肝硬変へとたどっている。あのまま一人っきりの孫で衝撃的な次女の挫折もなく、胃袋も無事だったとして、果たして今ここに自分は存在していただろうか。肝炎どっぷりの穏やかさ（？）が必ずしも長命を約束はしないようにも思える。

子や孫が持ち込む厄介ごとを処理するのに、必死で気力を掘り起こしていたら、出る場所を間違えたような気後れ顔の生命力が、おずおず出てきた、そんな感さえある。ともかく運命が「もう少し生きよ」と猶予を与えてくれたのだろう。

誰も私を傷つけようと思っていない

佐藤　三三《さっさ》
東京都

このまま何者にもなれなかったらどうしよう。私のしたいことって何だろう？　私は何を大切にしたいかな？　何に時間をかけたいかな？　好きなことをしたい。でも好きなことが分からない。ああ、出会えなかったらどうしよう。私のしたいこと。今二十六歳だ。まだ若いという気持ちともうそんなに若くないという気持ちが心の中でごちゃ混ぜになっている。自分のしたいことを知るのってこんなに難しいものなんだ、と感じながら日々を過ごしている。

高校生の時、教師という職業へ憧れを抱き、教員免許取得のために大学を受験した。大学生活は途中までは順調だった。授業に出て、アルバイトをして、時には友達と騒ぐ。そんな普通の大学生活だ。それが普通に楽しかった。しかし、十九歳になったばかりの時に思いがけない事件が起きた。父が失踪したのだ。実家暮らしの兄からの連絡で知った。始めはそのうち帰ってくるだろうと思いそれほど重く受け止めていなかった。しかし半年過ぎても一年過ぎても音沙汰がない。祖父の話によると家のお金を数百万円持ち出しているそうだ。父の失踪から一年が経った頃、私はある恐怖を感じ始めていた。もう二度と父に会えないのではないだろうか。私はちゃらんぽらんなところはあるが、それでも優しい父が好きだった。しかし、父は帰ってきた。持ち出した数百万円を借金に換え、真っ黒に日焼けし、ガリガリに痩せた姿で。弱々しい表情で、ごみ箱を漁って生活していた、と語った父の姿を見て、私はある別の恐怖を感じた。その恐怖が私の気持ちを父から遠ざけた。私は父と向き合うことを避けた。母は父の姿を見るなり離婚届けを突きつけた。父は何も言わずにサインした。私は映画のようだと思いながらその一部始終を眺めていた。

そんな事件があり、私はこれまでに感じたことのない心の苦しさをしばらくの間持て余していた。苦しいということは本当に苦しいんだということをこの時知った。そしてこの頃、外国に住んでみたいという思いが芽生えた。どこか遠くの土地に行けば、やり場のない心の苦しさから解放されるんじゃないかと思った。そこで外国に住めるいい方法はないものかと考えているうちに、名案を思い付いた。この大学には日本語教育の専門課程がある。日本語教師になればいいのだ。日本語教師なら海外で仕事ができるし、憧れていた先生にもなれるし、一石二鳥だ。私は急きょ路線を変更し、日本語教員養成課程を受講することにした。そして卒業前に、無事に全課程を修了することができた。卒業後、まずは友人の影響で親近感のあった中国へ行った。私は二年を目安に国を変えて三十歳までにいろいろな国で働こうと計画していた。三十歳になったら一度ストップしてまた自分の人生を考えようと思った。反対する人もいなかったので事はスムーズに運んだ。母は、あんたの人生なんやけん、あんたの好きにしぃ、とだけ言った。父とはあれ以来顔を合わせていない。

中国・安徽《あんき》省。新たな土地。新たな生活。ここで私は日本語を教えたり、街をブラブラしたり、中国語の勉強をしたりして日々を過ごした。それなりに充実していたと思う。しかし私の心のあの苦しさはきちんと根を下ろしてそこにあった。せっかく海外にきたのにまだ苦しい、という事実に戸惑った。また、日本語教師という仕事に対しても、あれ、何か違う、という思いを感じていた。自分にぴったりの仕事ではないかと思ったのにどうにもしっくりとこない。初めのうちは気のせいだと思い、熱心に授業に打ち込んでいたが、自分の気持ちを無視し続けたことによって、明らかに心が不満を訴えている。その不満がストレスに変わり、私はどんどん疲弊していった。それでもやり続け、もう限界だと思った時には二年の月日が流れていた。そろそろ国を変えてみようかと考えた。環境が変われば楽しく働けるようになるかもしれない。そこで、日本語教師の求人を検索し、いくつかの学校の面接をスカイプで受けた。その結果、コロンビアの日本語学校での勤務が決まった。今度はさすがに遠いことと治安が悪いことを心配していた母だが、反対はしなかった。父には会いに行かなかった。

コロンビア・ボゴタ。そこは、まさしく異国の地だった。中国でも文化の違いは感じたけれど、それとは比べものにならないほど全てが異質なのだ。標高約二千六百メートルの街、四季のない生活、バス停のないバス、挨拶のキス、終わらない内戦……。書き出すとキリがない。しかし、コロンビア人の彼らから見れば異質なのは私の方であったようで、どこに行っても目立った。みんながジロジロと見てくるので有名人になったような気分だ。そして、今度こそ、と思って始めた生活、だった筈だが、私の期待は見事に裏切られた。伝えたいことが上手く言葉（スペイン語）にならないことや口に合わない食べ物や、日本人教師不足の為の長時間労働など、その生活は中国にいた時より格段に厳しかった。ストレスは日を追うごとに蓄積され、そのはけ口を見つけ出すことができなかった。私は遅刻を繰り返すようになった。校長先生に相談したけれど一喝されただけだった。そして数か月経った頃、心が悲鳴をあげた。苦しい。私はこんなことがしたいんじゃない。そもそも私は何故ここに来たのか。日本を離れれば、新しい環境に飛び込めば、苦しさから解放されると思った。新たな自分になれると思った。しかし、苦しい私は苦しいままそこにいた。いくら環境を変えても、私の苦しんでいる心が私にくっついてくる限り、何も解決しないということに気が付いた。違った。間違えた。私は二年の予定をわずか七か月で帰国した。

東京。降り立ったこの土地で私は途方にくれていた。これからどうしようか。もう教師にはならない。外国にも住まない。しかし、日本でやりたいことがある訳でもない。地元の徳島に帰る気にもなれなかった。東京でしばらくブラブラしているうちに貯金はどんどん減っていった。そんなある日、ふと鏡越しに見た自分の弱々しい表情があの日の父を思い出させた。そしてあの時の恐怖が蘇ってきた。このまま貯金がなくなって、生活できなくなって、借金を抱えて家に帰る自分の姿を思い浮かべて、恐怖で体がギューッと締め付けられた。そんな状態でしばらく苦しんだのち、ふと生まれてから今まで自分の感じてきたことを全てノートに書き出してみようと思った。未来が見えないなら過去と向き合ってみようと思ったのだ。この作業は苦しくて時間もかかった。それでも私の手は動いた。言葉は次から次へと溢れ出した。遂に過去ノートが出来上がった時、私はあることに気が付いた。それは、誰も私を傷つけようと思っていない、ということだ。誰かの言動で私は確かに傷ついている。しかし、それは意図的なものではない。言うなら私は勝手に傷ついているのだ。私は父の行動で確かに傷ついた。しかし父は私を傷つけようと思っていない。父も苦しかったに違いない。こう思えたことによって私の父に対する気持ちは少しだけ、何というか、楽になった。そしてきっと私も誰かを傷つけているんだと知った時、何故だか涙が溢れ出した。涙はいつまでも止まらなかった。

この書く作業をきっかけに、私は毎日、自分の気持ちや感じていることをノートに書く、という習慣ができた。そして自分の心を具《つぶさ》に観察し、興味のあることは全てやってみることにした。私は現在、アルバイトをしながら翻訳の勉強をし、物語を書いている。冒頭にも書いたように、何者にもなれなかったらどうしようという恐怖は時たま感じる。しかし、思えば中国やコロンビアに行って日本語教師をしてみたことにより、これは違う、と知ることができたのだ。だから今やっていることが違っても構わない。心の声をきちんと聞き続けていれば、そのうち、これは違わない、ということに出会えるんじゃないかと信じている。

節目に出会った言葉

廣田　智賀子　兵庫県

困った！　字が書けない。書きなれない字は醜さこの上ない。

誘われて公民館で押絵を習っていたが、世話役が回ってきた。まず名簿作成と一年間の予定を書き、提出しなければならない。前任者の達筆を見てはため息が出た。こんな思いをするくらいならいっそ辞めてしまおうかと本気で悩んだ。

辞めれば解決するのだが、これから何をしてもこの問題がハードルになるのは必至だ。お尻に火が付いた私は、隣町の公民館へペン字を習いに行くことにした。最初は、「あいうえお」からの練習だ。字の中心、左右のバランス等ペン先に神経を集中していると字に安定感が出てきた。三人の子育てをしながら、制服の縫製を内職にしていたが、静かに文字と向き合った。

小・中学生の娘に曜日を決めて夕食の後片付けを頼み、練習に充てた。簡単には上手くならないが字は確実に変化した。

ペン字の女性講師は挨拶がわりに、主婦ばかりの受講生に生き方を説いた。日々の過ごし方について、意識して時間を使い、のんびりしていては勿体ないと。

先生が所属する会へ、課題を短冊に清書して東京へ送る段階までになった。会報誌が郵送されてくると、ドキドキしながら自分の名前を探す。●が付いているとその級は合格となりランクアップする。三年余りペン字に励んだ。

意志あるところに道あり

練習したこの言葉が、心に沁みた。

ある日、納期が迫った仕事に精を出していた時、新聞の「通信制高校の第一期生卒業」とあり、年配の女性が卒業証書を手に晴れやかな顔をしている姿に釘付けになった。

新聞を仕事場の押し入れに大事に保存した。私も高校生になりたい！　考える期間は来春までとし夢への思いを巡らせた。

意を決し夫に、「通信制の高校で勉強がしてみたい」と言うと、鳩が豆鉄砲を食らったような顔をした。「今更勉強をして何になる！」夫の言い分はもっともだ。三人の子育て真っ最中、親業が最優先で自分の時間など入るゆとりは無いではないか。

しかし、七重の膝を八重に折り、何とか許可を取り付けた。

通信高校の入学時には中学校の成績証明と卒業証明が必要で、母校へ取りに行くと、中学当時の先生が顔を出されて驚いた。今は娘もお世話になっていて、親子二代の恩師から証明書と一緒に「頑張りなさいよ！」と餞《はなむけ》の言葉を頂いた。

願書を手に訪れた校舎は未だ肌寒く、長い廊下は私の足音だけが響いた。

数学の授業は教育テレビが丁寧に手解《てほど》きをしてくれた。国語表現で自分と向き合い、倫理の勉強では目から鱗が落ちた。四年の歳月は夢のように過ぎ修学旅行を迎えた。

山陰への旅は、雄大な日本海と秋の大山。足立美術館の庭園は見事だった……と卒業文集に残したが、館内の陶芸作品を前にこの言葉に出会った。

この世は自分を探しに来たところ
この世は自分を見に来たところ

帰途のバスではガイドさんが、高校三年生を歌ってくれた。餞別《せんべつ》をくれた母、四十二歳でこの日を迎えた私は感無量だった。

書くことが身に付いた私は、卒業の報告を中学校宛に恩師に送った。

数日が経ち、安堵している私に先生から電話があった。「卒業おめでとう。よく頑張ったね、続けて大学に行きなさいよ」「大学ですか……」私は続ける言葉を持たなかった。

ふと、中学卒業間際に一人の先生から言われた言葉が蘇った。「それは会社が学校へ行かせたくないからだよ」定時制高校を希望していた私は、受験日と出社日が重なり、相談した先生の言葉に、安易に方向転換した幼かった十五の春のことだ。

今度はどうする。万に一つでも可能なら一番行ってみたい頂きだった。高校の峰への道も初めて見る風景に胸が高鳴った。想像もできない大学卒業は雲の上の頂きだ。

夫の了解は無理かも知れない。当たって砕けろ、本気でやる気を見せると、渋っていたが、「無理ならそこで止めたらいいじゃないか」と、ゴーサインが出た。

京都の通信制大学の学生になったが、途中挫折は絶対に許されないし、子供達の手前も卒業は必須だ。

部屋には山積みのテキストと参考書、専攻は国文学で四つに組んだ。初めから難所続きで、高い岩場に立ち尽くし、道を水の流れに遮られ雲の上の頂きまでは遥かに遠い。レポート、試験。スクーリング、試験。戦うのは自分のやる気で時間を見つけては図書館に居座った。力を持った学友に助けられもした。四年制の大学を七年掛けた。阪神淡路大震災の余震の中で卒論の清書をし、平成七年三月、想像を絶する神戸を抜けて卒業式に臨んだ。

あかんたれの自分がへっぴり腰でペンを握ってから、目の前の難題と向き合い何度も脱皮を重ねた気がする。少しは誰かの役に立てる気がして、その後はホームヘルパーになり、ボランティア活動にも精を出した。

ヘルパー業では高齢者だけでなく、全盲の人、障害を持つ人からも生に感謝する姿を目の当たりにした。

ある時、孫の手を引いて訪れた書写山は紅葉真っ盛りだった。蝶が戯れているような、木の葉が風に抱かれているような書体の文字を見つけた。岡本太郎氏の書で、椎名麟三さんの文学碑だった。

言葉のいのちは愛である

折々に出会った言葉に励まされ、雲の上の頂きに行けた貴重な経験は私の礎《いしずえ》となった。

一杯のお茶

坂本　修子　兵庫県

水前寺さま、私の三百六十五日は、朝一杯のお茶からはじまります。目をさまし着替えて、台所へでるとだいたい八時です。

「おはよう、ごめんね」と言いながらテーブルにつくと、そこにはかならず私の湯のみにお茶がはいっています。

夫力《つとむ》は早起きで、毎朝お味噌汁をたいてくれ、食事をするとき私のお茶もいれて、おいてくれるのです。そのいれかたが上手で本当に美味しいのです。

こう言う私たち、現在彼は八十七才、私八十六才、お互に健康で仲良くやっています。

そして私の住む町は、元禄のその昔より忠と義をもって育まれた播州赤穂、赤穂市の真中を千種川《ちくさ》という水のきれいな川が流れ、すぐ近く風光明媚な瀬戸の海にそそいでいます。

この川にかかっている橋を赤穂大橋と呼び、私が娘のころ通る人もまばら……友と赤穂のミラボー橋と呼んでいました。

ミラボー橋の下をセーヌ川が流れ、我らの恋が流れる……なんてアポリネールの詩など口ずさみながら、たそがれの橋をよく歩いたものです。またこの橋からみる雨後の景色はひとしおで、遠く瀬戸の島がみえ、緑したたる土手の若草が水にうつってゆらめいていたなあー、朝に夕にこの橋を通って通勤していた私は、この自然の美しい赤穂に一生住んでいたいといつも思っていました。

そして実現したのです。同じ職場、郵便局で力とめぐりあい婚約、交際すること二年、いよいよ秋に挙式をと張り切って、結婚式、旅行プランに余念のない初夏のころだったと思います、突然彼が結核を発病、目の前が真暗になり、底知れず落ちてゆくような心境でした。

赤穂の市民病院から大阪逓信病院へと移り肺切除、その後、明石逓信療養所にて長い療養生活、私は転々と励ましの歩を運んだものです。このようにして、随分回り道をした私たちでしたが、昭和三十二年十月六日、やっと結婚式をあげることができました。

その日は朝から雨が降っていて、私が式場の市民会館へ向かうころ、土砂降りとなり、真白いスーツに白いベール、胸に抱いた可愛いブーケ、そして白いハイヒールがぬれるのを気にしながら、家をあとにしたのを思い出します。

お茶とお菓子のささやかな結婚式でしたが、親せき、友人に囲まれ幸福そのものでした。

歌あり、踊りあり、詩の朗読あり、また私たち二人も歌わされたのが「二人は若い」。
「アナァタアー」と私　二十九才
「ナーンダイー」と彼　三十才
照れながらの合唱に、もう拍手喝さい、すばらしい雰囲気でした。
オールドミスの一人娘の結婚式でも、文金高島田を夢みていたのに、毅然とスーツ姿をつらぬいた私にガッカリしていた母も、この雰囲気に感激、いつまでも涙していました。
新婚旅行は信濃路へと出発するころ、すっかり雨もあがり、照りだした陽のきらめきさえ、私たちの前途を祝福してくれたように思えました。
それから五十数年、山あり谷ありの日々、市の発展と共に千種川に架かる橋も三つになりました。夕暮れどき、あかね色が水に染まり流れる……　美しい景色です。この流れとともに残されたときを、ゆったりと生きたいと願っています。

VAMOS（バモス）

中江　由美　滋賀県

二十五歳の冬、真冬の日本を飛び出し、真夏のブラジルへ。日系社会青年ボランティア日系日本語学校教師として二年間、奥アマゾンでの生活を体験させてもらった。日本から一番遠い世界にいながらも、日本で生きてきた二十五年より、もっと濃く日本を感じた二年は私の人生のかけがえのない宝になった。

私がブラジルで見た日本というのは、それまでの私が知っている日本ではなくて、まるで『三丁目の夕日』のような世界だ。大豆の味が濃い手作りの味噌や豆腐。こんなにおいしい豆腐がブラジルで食べられるなんて！　アマゾンの栗を使ったアマゾンならではの豆腐はほんのり甘くて優しい味。アマゾンの淡水魚ピラルクーの天ぷらにピラニアの刺身も絶品。日系人会の大鍋で作るすきやきやあんかけ焼きそばは地元ブラジル人にも大好評だった。お正月前には臼と杵で餅つきをした。確か三歳頃、祖父母の家で餅つきをしたのが最後だったので、つきたてのお餅ってこんなにもちもちのびるものだったのか！　と感動した。

他にも幼少期を思い出すようなものにたくさん出会えた。雛祭、鯉幟、すっかり忘れていたフォークダンスを子ども達に教わりながら、ぎこちなく踊った運動会。笹に願い事を書いた短冊をかざって、歌を歌った七夕。街灯のないアマゾンで見る満天の星に感動！日本では見るだけだった盆踊りは生徒達に教えるために、一世のバアチャン（日系人だけでなく、現地のブラジル人も親しみをこめてこう呼ぶ。一番苦しい時代を生きぬいた逞しくも陽気な愛すべきバアチャン）に教わって猛練習。アッシン（こうするのよ）とポルトガル語まじりで、皆ができるようになるまで、一生懸命に教えてくれた。日本人なのに知らないことが多くて恥ずかしい、その気持ちが私を奮い立たせた。日本から遠く離れた異国で、日本のことをたくさん教わった。どんなに時間が経っても、日本の心を忘れない日系の方達。私も日本にいるよりブラジルにいるほうが日本人であることを意識した。バアチャンに手伝ってもらいながら、浴衣を何十人もの生徒達に着せて、着付けも少しうまくなった。浴衣姿に口紅をつけて、はしゃぎながら生徒達といっしょに汗が出るまで踊った。こんなに盆踊りを楽しんだことはない。炭坑節、東京音頭。そしてバアチャン手作りの花笠を使っての花笠音頭。バアチャンを先頭に女子生徒達が華麗に踊る。年に一回では寂しいと、ついには盆踊りサークルを発足！　かなり上達したので、文化祭やイベントのたびに盆踊りの発表会をした。

お盆には手作りのお饅頭を持って、日系の家族のお墓参りに参加した。甘さひかえめの焼き饅頭のおいしかったこと。ブラジルでは簡単に手に入らないので、作るしかないとはいえ、手間暇のかかる作業。私も教わって、作らせてもらったが、こういう大変な作業もみんなでするると楽しい。それに手間暇かけて、手作りをしたものに出てくる豊かな味わいがある。今の日本はモノであふれ、何でも簡単に手に入る時代。足りなくて困ったり、どうすれば手に入るかあれこれ工夫したりする必要がない。ブラジルに移住された方達は、荒地を耕すところから始まり、あれこれ工夫して、色々なものを生み出してこられた。その苦労ははかりしれない。日本でも戦後に大変な苦労をされた時代があったと思うが、私は何の苦労もせずに生きてこられた。生ぬるく育った私が言うのも何だが、ここには今の日本が忘れてしまった何かがあるように思えた。

ブラジルの生活は全てがシンプル。洗濯機が壊れていたので、毎朝ジャブジャブと手洗いした。灼熱のアマゾン、冷たい水が気持ちいい。そしてすぐに乾くのがありがたい。掃除機は使わず、箒と雑巾を使う。箒といえば、真夜中のタランチュラ事件！　手のひらサイズのタランチュラが出現、箒で外に追い出そうと一晩中格闘した恐怖の夜を思い出す。今となっては南米のリアルな笑い話のひとつになったが……。乾季には窓を閉めていても、家の中が砂埃だらけになり、毎日の掃除は重労働だが、電気を使わないシンプルな生活が逆に心地よかった。ガスはプロパンガス。テレビはたまたま借りたものが昔の家にあったような懐かしいものだったが、まるでタイムスリップしたようで、楽しかった。両親がブラジルに訪ねて来てくれた時、まるで昭和三十年代のような生活だと驚いたが、幼少期を懐かしみ、楽しんでくれた。

「なんかここの暮らしは本当に生きてるって感じるなあ……」と両親は言い、私も共感。両親にとっては懐かしい暮らし、家電製品に囲まれて育った私には、全てが新鮮だった。

色々なところに古風な日本を感じた。スプーンをおさじ、ノートを帳面、トイレを便所というなど懐かしい日本語が飛び交う。カタカナ語を使うと、「これだから今の日本の若者は！」と一世のおじさんからカツが入る。『地震、雷、火事、親父』時代の親父さんが健在なのだ。ボランティアが派遣されるまで、一人で学校を切り盛りされてきた還暦の方に対して、日本からきたばかりの苦労知らずの若者が学校や授業の進め方について、口出しするなどけしからん！　たしかに『郷に入れば、郷に従え』というもの。今から思うともう少し柔軟な対応ができたのだろうが、大学を卒業して間もない頭でっかちの新米教師の私は、学校で教わった知識や方法を必死に実践しようと奮闘していた。知らないことだらけの半人前センセイ。確かに生意気だったなあ。ブラジルに着いてすぐアパートが空くまで、家に泊めてくれて、日本の家族がブラジルへ遊びに来た時にはめいっぱいもてなしてくれた親父さん。豪快に笑いながら移住当初の苦労話をたくさん聞かせてくれた。強くて怖いけど、面倒見が良いブラジルの親父さん、懐かしいなあ。雷は今でも健在だろうか。そうだとしたら、なんだかほっとする。

帰国後も日本語教師として、教壇に立っている私だが、教師というのは、学生時代は想像もしなかった職業だ。学生時代、いじめにあい、本当は学校が嫌いだった。それでも不登校にならなかったのは、英語の勉強が好きだったから。勉強は基本的に苦手だが、英語の時間は特別だった。カラフルで明るい教科書、日本人なのに異国の言葉を巧みに操るハイテンションな先生への憧れ。英語の世界は私をワクワクさせた。未知の扉の向こうに何かがあるような気がしていた。大学で外国語を専攻し、外国語の面白さと同時に外国語にはない日本語の魅力に気づき、日本語教師を志した。

学校と家の往復だけの小さな世界。隠れて泣き、ギリギリのところでどうにか生きていた小さな私が地球の反対側に行って、『センセイ』と呼ばれた。狭い世界しか知らなかった私は、十年の時を経て、未知の扉を開くチャンスに恵まれた。南米。銃社会。私の行く町は麻薬の通り道だと聞いた。怖い。でも、行ってみたい。私、変わりたい。勇気を出して開けてみると、その扉の向こうには広大なブラジルの大地と大らかなブラジルの人達の笑顔が待っていた。アマゾンのぎらぎら照りつける太陽の下、真っ黒に日焼けをした私は、どこまでも広がる大地を眺めながら思った。ああ、こんな世界もあったんやなあ……私、本当に生きててよかったなあ……ありがとう。大切なことに気づかせてくれたブラジル、アマゾン、センセイと慕ってくれた生徒や家族の皆さん、親切なバアチャン、カツをいれてくれた親父さんセンセイ、本当に素晴らしい機会をくれたＪＩＣＡ、いつも応援してくれた家族にも心から感謝。

三十代になった今、思う。扉はひとつじゃない。世界は広い。知らないことだらけだ。もちろんつらいこともあるが、想像もしなかった楽しいことや素晴らしい絶景に会えることもある。人生何が起こるかわからない。できるだけ明るい方を見よう。まだまだ未熟で泣き虫の私だけど、勇気を出して、これからも色々なことにチャレンジしたい。さあ明日に向かってＶＡＭＯＳ！（バモス――ブラジルの言葉で、さあ行こう！）アマゾンで体験させてもらった大きな宝に感謝して、この先も人生という名の冒険旅行を続けよう。

困難を乗り越えて得た自信

鈴木　洋子　愛媛県

私の人生は、劣等感から始まりました。私の二歳年下の弟は小さい頃から優秀で、普通の成績しかとれない私はいつも両親から叱られてばかりでした。また、近くに住む従姉妹たちも勉強のできる子たちでした。私と従姉妹たちは同じ高校に通っていましたが、彼女たちは普通科、私は家政科でした。毎朝違う門から入る時の気持ちはとても惨めなものでした。

そんな私も高校を卒業し、地元の企業に就職しました。そこで、主人と出会いました。色白で背が高く、東京の大学を卒業したばかりのその人は、私の目にとても眩しく見えました。二十歳の時に結婚。二十四歳で一人娘を授かり、こんな私にも幸せな日々が訪れました。

主人はお酒が好きな人で、毎晩お酒を飲んでいました。もともと頭の良い人で仕事はできたのですが、次第に仕事の前にもお酒を飲むようになりました。そしてだれにも相談することなく、突然会社を退職してしまったのです。やはりお酒のせいで、上司から咎《とが》められたことが発端となって、次第に会社に居づらくなってしまったようなのです。

その後、私は子宮筋腫を患い入院しました。病気自体は重いものではなかったのですが、術後に体内で出血していることが分かり再手術。精神的にも参ってしまい、病院の屋上から飛び降りる自分の姿を夢に見たりするようになりました。

その頃から、悪いことばかりが続くようになりました。主人は、その後再就職しましたが、すぐにガンが見つかってしまいました。幸いにも手術が成功し職場に復帰できたのですが、またいつ再発するかもしれないガンは、主人を無気力にしてしまいました。また昔のように仕事の前にお酒を飲み、挙句無断欠勤する日々が増えていきました。

そんな時に、義父母が営んでいた鮮魚店の経営が上手くいかなくなってきました。義父は私に内緒で主人を連帯保証人にし、消費者金融からお金を借りていました。その後、義父は破産。私たち夫婦に一千万円以上の借金が降りかかってきました。ちょうど娘が高校三年生。これから大学受験を控えたときでした。

今思えば、この時に一家心中していてもおかしくないような状況だったと思います。でもなぜか、私の頭の中にはそんな考えは全く浮かびませんでした。私の希望は娘でした。私自身が幼い頃からやりたかったこと、して欲しかったこと、言って欲しかったこと、私はその全てを自分の娘に与えてきました。娘はしっかりと育ち、私の自慢となっていました。その娘が大学に進学しようとしているときに、私には前しか見えませんでした。

それからは、私自身ががむしゃらに働きました。もともと几帳面な性格なので、毎日の金銭の出入りを完全に管理して、借金の返済と娘への仕送りをこなしていきました。

仕事を熱心にすることで、次第に職場でも認められるようになってきました。上司や同僚から「さすが洋子さん！」と褒められたり、賞をいただいたりすることもありました。幼い頃から抱いていた劣等感が消えていくのを感じたのはこの頃からです。

しかしそれからも、私の人生には数々の困難が畳みかけるようにやってきました。

まず、主人のガンが再発したのです。余命六カ月の宣告を受けた主人は奇跡的に回復したのですが、完全に仕事への意欲を失ってしまいました。本当に私が、一家の大黒柱として働かなければならなくなったのです。

悪いことは続くもので、同じ頃に私の実父のガンが見つかり、あっという間に亡くなってしまいました。続いて弟の嫁も、くも膜下出血で倒れ、寝たきりになってしまいました。

そして洪水。私の住んでいるところを直撃した台風によって家の近くの川が氾濫しました。避難しようとした時にはもう遅く、家の窓から流されていく車が見えました。その後、家の中にまで水は押し寄せてきました。押し入れの上段に登り、停電で真っ暗の中一夜を過ごした恐怖は忘れられません。

洪水の後片付けや、仕事に追われ忙しい毎日を送っていたため、私は近くに住む実母に構う余裕がありませんでした。父が亡くなった後、一人暮らしをしていた母は、寂しさからか精神的に不安定になってしまいました。幻聴が聞こえるようになり、隣のお宅が嫌がらせの騒音を流していると訴え夜中に文句を言いに行ったり、警察や市役所に電話をかけて苦情を言ったりなど、迷惑行為を繰り返すようになりました。私も仕事で忙しい中、毎日食事を準備して届けても、「こんなまずいものは食べられない！」と投げ返されたりすることもありました。

どうしたらいいのか本気で悩みましたが、私は母に本気で向き合う決心をしました。母の家の庭に花を植え、お世話するように促してみたり、ウォーキングに誘ってみたりして、母が元気を取り戻す方法を必死に考えました。その甲斐あってか、少しずつではありますが、少しは心が安定してきたようでした。

間もなく母は亡くなりました。とても寂しく辛いと感じましたが、全力で見守ったためか、最期は「今までありがとう」と笑顔で送り出すことができました。

今振り返ってみると、私の人生には本当にたくさんの困難があったと思います。しかし不思議と不幸だとは感じていません。むしろ幸せな人生だと思っています。数々の困難を乗り越えて、私は本当に強くなりました。幼い頃からの劣等感も今はありません。私は自分の力で人生を切り開いていける人間なのだと、心から自信を持っています。

現在の私には、ようやく平穏な日々が訪れています。私の一日は、お花の世話をしたり、健康体操したりして静かに過ぎていきます。大事に育てた一人娘は結婚し、私は三人の男の子のおばあちゃんになりました。一番上の孫は今年高校に進学します。

先日、相変わらず仕事もせずに家にいる主人に、「あなたが働かなくなって、私は良かったのかも。自分に自信が持てたし、強くなったから」と冗談を言ってみました。主人は笑って、「お前は母親みたいだな」と言っています。ずっと苦労をかけられっぱなしですが、今はこの人と一緒に長生きしたいと思えるようになりました。

今、辛い状況にあって不幸だと感じている人は世の中にたくさんいらっしゃることでしょう。しかし、自分の状況を不幸と感じるかどうかは、結局自分次第なのだと思います。

私がこれまで歩んできた人生がどなたかの目にとまり、生きる勇気を得てくれるのなら、これ以上素晴らしい人生はないと思います。

これからも、ともに頑張りましょうね！

温もりの介護を受けて

松川　郁子
神奈川県

夫は名古屋の街の開業医だったが、パーキンソン病を患い七十歳のとき、現役を退き療養生活に入った。

ある日の夕食の時だった。前から気になっていたので聞いてみた。

「足が震えているんじゃないの」

「いや、貧乏ゆすりをしているだけだ」

不機嫌な応えが返ってきて、ふるえは止まった。その様子に嫌な予感がして、二人の間に気まずい空気が流れた。そういえば、この頃よく転ぶ。こまかい仕事が億劫《おっくう》なようだ。

暫くすると、無意識にふるえている。

夫は医師だ。自分の体の異変に気が付かぬ筈はない。時々首をかしげて考えこんでいる。こっそり薬も飲んでいるようだ。

何故隠すのか……。

もし、パーキンソン病ならば、これは重大な病気だ。認めたくない。自力で何とか治せぬものか。彼は心の中で葛藤していたに違いない。

やがて追い討ちをかける様に、尿道炎を併発し、家の者や、スタッフ等、まわりの人達が、夫の不調を感ずるほどに症状は進んでいた。

見兼ねた歯科医である長男が、

「おやじさん!!　名大の神経内科のH先生に話しておいた。一緒に診察を受けに行こう」

となかば強引に連れ出した。

検査の結果、パーキンソン病と診断された。「やっぱりそうか」と呟き苦渋の表情を浮かべた。H先生の診断で、不本意ながら彼はようやく自分の病を受け入れた。

H先生はその後、定年退官され郷里へ帰られた。先生の紹介状を持って日赤病院神経内科に行き、本格的な治療が始まった。

ある日、病院の帰り路、近くの交差点で信号待ちをしていたときだ。夫は杖をつき、私が腰の後のベルトを掴んで支えて立っていた。にもかかわらず、ふいに、よろよろとふらつき、二人共に転んだ。周りにいた数人に助け起こされた。私がお礼をいっている頭上から
「お前がしっかり支えていないからだ！」と罵倒の声が降って来た。恥ずかしさ、空しさ、

口惜しさが、その時彼の心の中を駆け巡っていたに違いない。そっとみてみると、怒りで身体が小きざみに震えている。私の心も大きく波打っていた。

やがて眼瞼下垂《がんけんかすい》でまぶたが下がり、目も見えにくくなってきたようだ。しきりに目をしょぼつかせる。

「そろそろ仕事をやめたらどうですか？」とすすめても、中々踏んぎりがつかないらしい。

「先生にやめられたら困るわ。なるべく長く診療を続けてね。と長年馴染んだ老人患者達がいうんだ」と夫は屁理屈をこねる。

心ならずも、仕事を止めなければならぬ口惜しさ、辛さと、必死に闘っているのだろう。しかし、人の命を預かる職業だ。事故でもあったら大変だ、と私は心を痛めていた。

「暫く休診、の貼り紙を出して休んだら……。調子が良くなったら、また再開すれば良いでしょう」とまわりの者の勧めに、やっと「そうするか！」と夫はその気になった。

その貼り紙は、三ヶ月後、「休診」から「閉院のお知らせ」に変わってしまった。

国の介護制度が始動したのは二〇〇〇年で夫もその恩恵を受ける事が出来た。

病院の一画に介護用品の店が出来、店先に車椅子がならんでいた。要介護3の認定を受け、家の中でも使える小型の車椅子を手に入れた。もう転ぶ心配はなくなった。

介護マネージャーの御世話で、家に程近い「訪問介護ステーション、サルビア」で介護を受けることにした。ある日、所長さんに

「デイサービスを一度見学してみませんか」と誘われて出かけてみた。

施設に着いた時は丁度、午前の自由時間だった。大きな丸テーブルがふたつあり、男女別々になっている。お茶とお菓子が出ている。女性のテーブルは、何やら話が盛り上がっているらしく、ふっふっふ、はっはっは、と笑い声も賑やかでたのしそうだ。

一方の男子席は、本を読む人、新聞を広げている人、じっとテレビに見入る人、みな憮然たる面持ちで孤立している。

それぞれ仕事一筋に活躍して生きてきたであろう老いた男性の、悲哀の面差《おもざ》しが垣間みえる。夫は馴染めないだろう、と思いながら「どうしますか?」と恐る恐る聞いてみた。「俺は行かぬ」即座に応えが返ってきた。

病状が進み、今、彼に昔の面影はない。それを自覚しているのだ。無様な姿を見られたくない。医師としての矜持《きょうじ》がそれを許さぬ。やるせない思いが募っているだろうと察しられ、「デイサービス」は断ることにした。

サルビアの訪問介護を受けることになった。介護の内容は、入浴、浣腸、導尿、外出等だった。

看護師Kさんは、大学病院勤務だったが、子供が三人いて大変なので、夜勤のない今の仕事に変わったそうだ。そのベテランKさんが主になって訪門して下さる事になった。

検温、血圧測定、口腔ケアー、目薬点眼、浣腸、手足のマッサージ、身体清拭、衣服交換、シーツ交換等、てきぱきと処置をし、最後に介護ノートに記入しておわる。若い看護師さん達が来る日もそれに倣《なら》って、一所懸命、手抜かりのない様注意して介護して下さった。若い人達の明るいエネルギッシュな行動は、老人家庭の沈滞した空気を払拭して、病人も明るい笑顔になるのだった。

介護マネージャーAさんは、近所の状況に詳しく、よく外出サービスに連れ出してもらった。紅葉の季節だった。

「先生。今度いい所に連れて行ってあげます」

「どこへ？」

「内緒です」と笑いながらいった。

約束の日、夫と私は玄関先でAさんの来るのを今や遅しと待っていた。いつものエンジン音と共に「お待たせしました。今日は東山タワーに行きましょう」

「行った事はないなあ。嬉しいなあ」喜ぶ夫と共に私も浮かれてしまった。

屋上は三六〇度のパノラマが開け、名古屋市内が一望され、遠方に鈴鹿山脈がそびえ、伊勢湾がきらきら光り、志摩半島まで霞んで見えた。

「よい眺めだな。天気がよくて最高だ」

夫は上機嫌でAさんに、「ありがとう」を繰り返していっていた。

その頃の夫は、患者として看護を受ける身になり、このドライブを機会《しお》に医師としての鎧冑《よろいかぶと》を脱ぎ捨てて軽い心になれたのだろう。ありがとう、と感謝の言葉が口をついて出るようになった。

そして、夫の七回忌を昨年三月に済ませた。縁あって、小田原に終《つい》の住処を構えた。昨夜からの雪で、一面の銀世界だ。朝日に照らされて、雪は煌めきながら溶けていく。番《つがい》の野鳥が羽音をたてて、晴れた空に飛びたって行った。

この穏やかな暮らしを誰が予想出来たろう。

「ねっ。不思議でしょ」

過ぎ去りし、名古屋での日々を回想しながらそっと遺影の夫に語りかけてみた。

窓から射し込むやわらいだ光の影で、夫がうっすらと笑っているように思われた。

うつ病からの脱出

福田　茂
福岡県

かかりつけの、内科クリニックの女医さんが私の顔を見つめていたかと思うと、言うのである。

「自殺、考えたことありますか」

「あります」

正直、私は追い詰められていた。五十年来連れ添ってきた女房に先立たれて間もないときであった。

「うつ病」という診断である。

その日から、医師の処方により、抗うつ剤「パキシル」と、精神安定剤「デパス」を飲みはじめた。

欠伸《あくび》が出る。一日中、ところ選ばず、おかまいなしに欠伸が出るのである。それも、深い欠伸といったらよいのか、欠伸で顎がはずれそうになる。欠伸で生活が乱されることはないのだが、あまりに欠伸が多いので先生に訴えた。

「脳が、あくびをするように命令しているのでしょう」

先生は、少しも驚かない。


夜は、寝てから夢をよく見るようになった。いつもは、そんなに夢は見ないほうだが、毎晩見る。それも、強烈な夢といったらよいのか、はっきりした場面は不明だが、意味なく叫んでいたり、暴れている夢である。ときならず、性夢さえ見る。

目が覚めると、びっしょりと汗をかいている。夜中に下着を取り替えることも、しばしばだった。


「自殺」まで考えた「うつ病」に至る経緯には、いろいろな要因があるのだが、私の精神を強く縛っていたものは、大きな「悔恨」である。

まずは、女房の糖尿病。まったく気がつかなかった。

ある日、テレビを見ている妻の様子がおかしかった。額をブラウン管に押し付けるようにして見ているのである。糖尿病の合併症である網膜症であった。急に目が見えにくくなっていた。

近所の医者に行った。すっぽんの生き血のカプセルを飲んでもらった。

いっぽう、私は市立病院に電話をかけて、相談をかけていた。「教育入院」という制度があると聞いた。

一週間に一回、採血をしては血糖値を計り、くすりも飲んでいた。そして、医師の見たては

「入院の必要はないでしょう」

ということであった。私たちは「ほっと」した。愚かなことであった。「病院嫌い」の妻のことをよく知っていた私ではある。しかし、病気は着実に進行していた。

半年後、急性心筋梗塞に襲われ、入院して二回の手術を受けたが、妻のいのちは、風前のともしびであった。

「医者を早くかえればよかった」

「なぜ、入院させなかったのか」

私、七十余才の晩年で迎えた毎日が、「悔恨」のうつ人生のはじまりであった。

入院後三十五日で、妻はハイケアーの病室から霊安室に移された。

悔恨は、遡《さかのぼ》る。

早く気がつくべきであった。毎日そばにいるはずの私が、だれよりも早く察知すべき病気である。

その私は、仕事の関係とはいえ、家を空けて出張することが多かった。ある年は、一年間に二百日も出張していた。「まるで母子家庭よ」と女房にぼやかれたことがある。

妻の健康を思い遣るいとまがなかった。いや、思い遣る優しさに欠けていたのだ、と思うとたまらない。また自責のために心が絞られる思いである。

むかし、まだ病気こそ発覚していないが、身体の衰弱を感じていたころであろうか。

「死ぬときは、一緒に死のうね」

妻が、ぽつんと言うのである。

私は、仕事いっぽうの人間で、こまごまとした日常生活の些事《さじ》は、たとえば「耳あか」の除去などすべて妻頼みであった。妻は自分がいなければ、私がまともに暮らせないことを念頭において、こんなことを口走ったのだろう。お互いに軽い気持ちでもあった。

「うん、うん」

私は生返事をしていた。あのときの妻の声が、現実味を帯びて聞こえてきた。妻が私のことを思ってくれたのに反して、私はなんと薄情であったことか、悔恨は尽きなかった。

葬儀と納骨は、慌ただしく終わった。じんわりと、悔恨を連れだって哀しみが湧いてきた。まいにち、何かを思い出しては、泣いていた。泣きやすくなるのも、うつ病の特徴らしい。

お腹も空かない。食欲がない。そのせいか、ただ街を歩くだけでも、宙を踏んでいるような頼りなさである。

それでも、抗うつ剤を飲み始めて十か月目であったか、四月のある日の朝、頭のなかの塵《ちり》が一掃されたのを憶えた。久しぶりに「さっぱり」した気分であった。「うつ、治ったようね。顔色がいいもの」女医さんがにっこり笑って言った。

だが、「うつ」は簡単には抜けてはくれなかったのである。年一回の老人健診、二キロの体重減だ。やむを得ない。二年目、さらに二キロの体重減である。さすがに「痩せた」と思った。三年目、また痩せている。

「もう、癌年齢ですからね」

別の先生が言うのである。大腸癌の検査はパスしたが、すべて疑念が晴れたわけではない。七年目には、十キロ痩せてしまった。身長は二センチ縮んだ。ベランダで干しものをしていても、強い風がふくと、からだが端から端まで持って行かれそうになるのである。スーツ類はすべてだぶだぶで、着られなくなった。

このまま行くと、まもなく消えてしまうと思った。

あらためて「うつ病」について勉強してみると、どうも完璧な治療法は、まだないらしい。くすりを飲まずに治すには、「外に出て太陽をあびること。体を動かすこと」であるという。

体重減がやっと止まったところで、「うつ」脱出に本気で取り組んでみた。

もともと、山歩きや散歩が好きだったから、一日一時間を目安に歩くのは、苦痛ではない。ストレッチやラジオ体操を日課として取り入れもした。

私を長らく縛ってきた「悔恨」の苦しみは、ただ「耐える」ほかなかった。耐えることを知ることは、「現実」を知ることであった。現実を遁《のが》れることが出来なければ耐えるほかない。当たりまえのことが意識に蘇り、身体が自覚してくれるまでには時間が必要であった。その後は、平凡な日々を、散歩の途中で好みのカフェに寄るのが、けっこう楽しみとなった。カフェで馴染みの人と声を交わすのも、ささやかな歓びである。現在八十五才、会う人だれにも「お元気ですね」と言ってもらえる。「うつ」を特別扱いすることなく、人生を生きる一つの過程として、平常心を失うことなく過ごすことが、うつ脱出の秘訣かも知れない。

女子生徒だった僕の教員生活

小山　太朗
神奈川県

念願叶って特別支援学校の教員になり、最初の一年が終わろうとしている。齢《よわい》二十四、身長百六十一センチ、中肉中背の割に大きなお尻、高くはないが低くもない声、全然生えてこない髭と無数の吹き出物のせいで、見た目は二次性徴真っ只中の少年のようだ。着任したばかりの頃は高等部の生徒に間違われることもしばしばあった。年齢相応に見られないのは、身体が男性化を始めて年数が浅いからだろう。私は女性として生まれたが、男性として生活している。いわゆる性同一性障害者である。職場にはそのことを言わずに、何食わぬ顔で男性として勤めている。

小学校入学から高校卒業まで、男か女のどちらかに所属しなければ生活しづらい学校が好きではなかった。女体だからと女の子扱いされるのは気持ち悪かった。だからと言って他人に自分が男だと証明できるものを持たない私は、結局どちらにも属せなかった。そんな学生時代を送った私が学校に勤めることになったのは、ある先生との出会いがあったからだ。M先生は通っていた中学校の特別支援学級の担任で、いつもにこにこ笑っていて穏やかな口調で話す、中年の男性教諭だった。ある時は歩行の不安定な生徒の手を取って廊下を歩き、またある時は同じ内容を繰り返し話す生徒の隣で「うん、うん」と頷く。M先生が生徒に寄り添う姿は、私に二人三脚を連想させた。そんなM先生の姿を見て、私は特別支援教育に興味を持った。ある日、私はM先生に特別支援学級の先生をしている理由を聞いた。するとM先生は、ご自身が教員になりたての頃のお話をしてくださった。

「中学校の先生を希望したのだけれど、着任したのは特別支援学校でね。正直、希望とは違う校種だから嫌だったけれど、生徒と過ごすうちにそんなことは思わなくなった。障害のある子たちは、君と違ってゆっくり成長する。だから、できることが増えたときやわかるようになったことがあると、その子はもちろん、おうちの方や僕ら教師もとっても嬉しいんだ。まるで自分のことのように、ね。それがやみつきになってしまって、今も特別支援学級の担任をしているんだ。こんな素敵な仕事は、他にないよ」

そう言い切る先生の表情からは仕事と生徒たちを心から愛する気持ちが感じられた。この時「私も特別支援学校の先生になろう」と決心したのだ。

しかし、性別のことが幾度も私の決心を揺さぶった。「男女の別がはっきりしている学校に、男にも女にも属せない私が居ていいはずがない」と教員になることを諦めようとした時期もあった。再び決心が固まるのは、自分が性同一性障害だと確信した高校二年の秋のことだ。男性として教壇に立とうと決意してからは早かった。大学では特別支援教育を専攻した。講義の合間を縫って医療機関に通い、性同一性障害の診断を受けた。その後身体的治療を開始して、国の定める要件を満たして戸籍上の性別を女性から男性に訂正。男性として教員採用試験を受験し、合格。M先生の背中を追うように教員生活がスタート。

いよいよ本格的に児童生徒と関わるという段で「戸籍の性別を訂正しても、女体生まれの私が男性として働いていけるのだろうか」と心配になった。特別支援学校ゆえに、排泄や入浴も指導の対象となることがある。その場合は児童生徒と同性の教員の指導が求められる。指導の事例集を読んでいて、男体でない私には難しいと思えるものもいくつかあった。しかし一年目の今年は、心配していた指導の必要性はなかった。それよりも、児童生徒が登校してから下校するまでのあらゆる場面で指導や支援の難しさを痛感した。ベテランの先生の言うことは聞くのに、同じ言葉を用いて働きかける私には見向きもしない児童生徒を前に歯痒《はがゆ》い思いをしたこと。テコでも動かない児童をお姫様だっこして廊下を走ったこと。今日有効だった支援が明日も有効とは限らない世界。笑顔の裏では頭をフル回転させて次の支援方法を考える日々。しっちゃかめっちゃかな私を、職場の先生方は時に温かく、時に厳しく指導してくださった。上手くいかないことばかりだったが、試みた方法が児童生徒にマッチした時の達成感も何度か味わった。そしてM先生が言っていた、できるようになったことやわかるようになったことを児童生徒やおうちの方と喜び合う場面にも立ち会えた。

大抵のことは、男とか女とか、ベテランとか新任などということは関係なかった。一人の教員として、児童生徒に向き合う覚悟と責任を持つことが何よりも必要だった。

とは言っても、性別に関わるエピソードがないわけではない。この一年で、ドキッとさせられることがあった。最初は四月当初のこと。ある男子生徒が廊下ですれ違いざまに突然、「先生は男性ですか。女性ですか」と聞いてきたのだ。私は「まずい、もうバレたか」と心の中でだらだらと冷や汗を流しながら、澄ました顔で「男性ですよ」と答えた。しかし男子生徒は納得できない様子で質問を続ける。「髭はありますか」と私の顔を覗き込み、「喉仏はありますか」と喉に手を伸ばし、「筋肉はありますか」と力こぶを見せるように要求する。私は「髭は中々生えてきません」とフェイスラインを手でなぞり〝じょりじょり音〟が聞こえないことで証明し、「喉仏はありません」と上を向いて出っ張りがないことを示し、「筋肉は少しあります」と肘を曲げて力こぶを出してみせる。ここまで聞いても、彼には髪が短い点と「男性です」という自称以外に、私が男性であるという決定打が見当たらないのだろう。なお質問が続く。「髭剃りは持っていますか」「いいえ、持っていません」「すね毛は生えていますか」「少しだけ生えています」（私のズボンの裾に手を掛ける）「どうしたんですか」「すね毛を見せてください」「……嫌です」こんなやりとりが続いたあと、それ以上質問が思い浮かばなかったのか、彼は自分の教室に歩いていった。突然の「尋問」から解放された私はげっそりした顔で廊下を歩いた。暫くは彼を見かけると「今度は何を質問されるのだろうか」と身構えた。同時に、彼は私に質問したような、外見で男性か女性かを判断しているのだと知る。男性の象徴である髭や喉仏がない私は、彼にとって男性には見えず、かと言って女性にも見えず混乱したのだろう。

また、ある男子児童が私の膝の上に座ろうとした時のことだ。私は座りやすいように、と正座から胡座《あぐら》に座り直し、彼の要求を受け入れた。そして座った彼が突然私の方を振り返り「先生、ちんちんないね」と言った。口から抜けかけた魂を慌てて戻し「え？　あ、あるよ」と否定した。しかし実際に男性器は備わっていない。身辺事情を守るためとは言え、それが教え子に初めて吐いた嘘だということはきっと一生忘れない。以来、児童が膝の上に座ろうとした時には「もうお兄さん（お姉さん）だから一人で座ろうね」と声を掛けている。

純粋で素直なゆえに、思ったことや感じたことを言葉にしてくる児童生徒たち。時に飛んでくる剛速球をかわしながら、冷や汗を流さずに受け答えできる日々を夢見ている。

戸籍上の性別を訂正すれば男性を名乗れるが、男体でないことや男社会での生活経験がほとんどない私は、戸惑うこともわからないこともある。それを承知でこれからも教員生活を続けるが、いずれ限界が来てしまうのではないかと不安になることがある。また、職員に女体生まれだと知られることも懸念している。女体で生きた過去は辛いことばかりではなかったが、知られたくないのが本音だ。

しかしいつまでも性別に悩んでいても仕方ない。身辺事情は端によけて、私はM先生のような、児童生徒と二人三脚で学校生活を送る教員を目指したい。

舞台を作る

添田　和也　新潟県

鏡は苦手だ。歳をとるとともにその思いは、だんだんと強くなってきた。草臥《くたび》れた顔なんて見たくないし、たとえ鏡の中であろうと老いに抗おうとする努力はきっと僕を惨めにするに決まっている。そんな抵抗をしたところで僕の顔は僕が一番よく知っている。悲しいかなこれは現実だ。

僕は五十を過ぎて初めて仕事を失くした。

まぁ何とかなるさ、なんて曖昧に自分を慰めるには五十という数字はとても大きいということも思い知らされた。

こんな時だからこそじっくり思うのだろう。仕事を失ったことについて。

例えばこんな風に。

一体僕のどこが悪かったというのか、どこかで大きなミスでもしたか、と。

そして振り返る。昔々の僕から今の僕を。

きっとこれは罰が当たったんだ。そうに違いない。

罰に心当たりは？

過去の数々の所業に思い当たることが多すぎ僕は言葉を失った。

仕事と言葉を失った僕に不思議な手が差し伸べられたのは職を失くしてから三か月後だった。

それは遠くから差し伸べられた手だった。

広東省中山市でホテルの総経理をやってみないか？

心は折れ、藁にも縋《すが》りたい時に差し伸べられた手。

よし、やってみるか。いやいや待て待て、ホテルって何よ。何をすればいいの、僕なんかでいいの。だってホテルの仕事なんてしたことがないんだけど。

「よし」と「待て待て」が天秤となって僕の心の中であっちこっちと数日揺れた。

天秤の揺れが小さくなり、「よし」を引く力が強くなった時に僕は決心した。

もう一度ドキドキしてみようか。もう一度、僕の中のどこかにきっと潜んでいるに違いない小さな力を振り絞ってみようか。踏み出してみよう、そう決心した。

ホテルって一言で言うと、と僕は色々な人からそう聞かれる。そして僕はいつもこう答える。

舞台です、と。

ただしこの舞台はちょっと特別で少々厄介だ。毎日脚本が変わる。そして毎日演者さんが変わる。演者さんの演技がつかめないから演出家だって毎日悩む。

脚本に書かれている台詞だけを覚えていても舞台を無事に乗りきることはできない。ホテルスタッフは経験を通して言葉を積み上げ、その言葉を己の引き出しにいつも取り出すことができるように丁寧にしまう。時にはアドリブだって必要だ。

不思議なこの舞台。演者さんはすべてが主役。脇役など存在しない。

もちろんこの舞台を楽しむのは観客。

そして、観客は演者さん。演者さんは観客。ホテルスタッフは舞台でお客様である演者さんがキラキラ輝くように、そして観客であるお客様に微笑んでいただけるよう表に出ることなく舞台作りにだけ汗を流す。そして僕は思う、ホテルスタッフはその汗を決してお客様には見せてはいけない、と。

努力はするもので見せるものではない。そう、舞台作りも同じである。たとえ舞台作りがどたばたしても舞台はスムーズに進行させなければならない。演者さんのスマートな演技のためにはホテルスタッフはどんな無理も真っ先に負わなければならない。それがどんなに苦しくても笑顔を絶やさずに。

ホテルという舞台に休演日はない。

二十四時間、三百六十五日、この世界でただ一つの舞台は続く。途切れることなく。絶え間なく。こつこつと時を重ねていく。

Z君へ

覚えていますか？　君が僕を迎えにきたあの日。広州白雲空港から中山へ向かう高架路の車の中。辺りの灯がだんだんなくなり、暗闇が深くなっていきましたよね。そして僕はつまらない話を、それこそ取るに足らない話を君に話し続けました。僕は静寂が怖かったんです。ものすごく怖かった。もし、音のない世界に一秒でも僕を置いたら僕はきっと壊れていたかもしれません。不安に押しつぶされていたかもしれません。そんな格好の悪い僕を君に見せたくなくて、みっともない僕を隠したくて、僕は話し続けました。僕の話を聞いてくれてありがとう。僕の話し相手になってくれてありがとう。もし君があの時いなかったら僕はホテルマンをスタートできなかったと思います。Z君ありがとう。

Lさん、Fさん、L君へ

ホテルに到着した僕を最初に迎えてくれたのは君たちの笑顔です。君たちの笑顔で僕はホテルマンになる覚悟ができたと思います。

安心、やすらぎ、そして勇気、そういうものを君たちの笑顔からもらいました。素敵なフロントマンの笑顔でしたよ。優しいフロントウーマンの笑顔でしたよ。僕は生涯忘れません。君たちの笑顔は僕の大切な宝物です。大切な大切な思い出です。ありがとう。いつも僕を助けてくれて本当にありがとう。

鏡の中の僕の顔。

相変わらずだ。皺も増えたんじゃないか。白髪も増えてきたかな。

でも悪くないぞ。まぁまぁだ。ネクタイを直す仕草だってだんだん様《さま》になってきたじゃないか。いいぞ、いいぞ。

そう、僕はホテルマンなんだ。

しゃきっとしろ！　疲れた顔じゃいい舞台は作れないぞ。

そうそう、いいぞいいぞ、だんだんいい顔になってきた。いい面構《つらがま》えだ。

午前七時。そろそろフロントにはチェックアウトされるお客様が列をつくるぞ。

レストランで朝食をとられているお客様にご挨拶だ。それから事務室に入ったら客室稼働率の確認。今日は午後から営業が入ってるかな。でもきっとどこかで僕の携帯は鳴るんだろうな。

「総経理、トラブルです」なんて。

でもそれでいい。トラブルのない舞台なんてつまらないだろう。それを乗り越える楽しみが僕を強くしてくれる。きっとそうだ。

僕は、鏡の中の僕の顔が好きになったみたいだ。

異文化との出会い

橘　七郎　石川県

〝エッカード!〟

そう言えるようになるのには半年かかった。「エッカード」とは、私がアメリカ留学していた頃の教授の名前、エッカード・ウイマー博士だ。

アメリカの大学に来て、ビックリしたことは学生達が教授をファーストネームで呼んでいたことである。それを聞いたときの驚き、そしてそれは正に日本とアメリカ（あるいは西洋社会）との文化の違いを肌で感じた瞬間であった。私にとって、「自分の口から教授を呼び捨てに言うなんて」という思いが強く、その名前がどうしてもスムーズに出てこなかった。

話は今から三十年も前になるが、初めて外国の地、アメリカで生活し、風習、習慣のルールを知ることになってから多くの発見があった。アメリカ生活を始める折、既にある程度の事前情報はあった。例えば、アメリカ人は「身長も高く大きな人ばかり」、「自分から謝ることはしない」、「怠惰な人間が多い」等が先入観として自分の中にあった。しかし〝聞く〟と〝見る〟とは大違い。テレビを始め情報の出し方によっては偏見が容易に生まれる事があり、それは怖い話である。アメリカには背の低い人も結構いるし、何よりも重要な事柄として理解できたことには、「助けが必要な時は言葉に出して頼めば良い」という単純な点があった。日本に多い〝阿吽《あうん》の呼吸〟とか〝沈黙は金なり〟は通用しない。〝教えてください（Could you help me?）〟。そのように言えば、アメリカ人は親切にいろいろ教えてくれることが分かった。

ただし、その言葉だが、悲しいことに当時の私には英語ができなかった。勿論、実験研究する上の英語論文の読み書き等では不自由していなかった。問題は口頭での表現、会話力だ。先ほどのファーストネームでの呼び合いも含め、会話が成り立たない。実験に必要な試薬、器具については、質問することすらできなかった。当時は仕方なく、夜十時過ぎから深夜、研究室に誰もいなくなってから密かに（？）研究室の棚、実験台の引き出しを全部チェックして、どこに何があるか、自分の頭に叩き込んだ。何せ競争が激しい研究ではいち早く実験を行うことが必要なのだから、実験に必要な試薬、器具はすぐに取り出すことが求められる。場所確認の作業のためにかなり時間はかかった。しかし、私に話せる手段、英語会話ができておればそんな苦労は不必要であり、無駄な時間だっただろう。

何とか英会話力を伸ばすために、研究室にいる学生達との夕食の機会を積極的に設け、アルコールの力も借りて少しずつ英会話力をつけていった。若い連中にのみ通じる、所謂《いわゆる》、スラング英語表現も分かるようになってきた。エッカード先生に食事に招待された折、お宅での会話にもそうしたスラング表現を出して、逆に先生の奥さんに品が無いとたしなめられたこともあった。それでも英語での討論、議論さらには口喧嘩というようなことができるようになるには一年を要した。寝言、夢の中にも英語が出るようになったが、それと同時に研究成果も上がり始めたことは嬉しいことであった。

ある日本人は「アメリカ人は自分が困っているのにだれも助けてくれない」と愚痴をこぼしていたが、それは間違い。アメリカの人達にしてみれば、ある人が困っているかどうか分からない、のである。特にアメリカ（合衆国）のように多くの民族、宗教が混在する中では、人々の生活習慣も異なる。道端にいる人の様子が本当に困っているのか、あるいは考え事をしているだけなのかが分からない。地面に座っている人がいたとしても、下手に〝大丈夫ですか？〟なんてやると、相手は怒り出すかもしれないのである。自分の世界を持っていて、瞑想していたとすれば、声をかける行為は邪魔をしているに過ぎない。つまり、お互いに分かりあい、理解し合うのは、言葉による説明だけである、ということが見えてくる。「ボディランゲージで通じる」なんて言う人がいるが、それは同じ文化的背景があればこそであって、そうでない人と向かい合ったなら、言葉を通してのみ理解し合えるのである。今ではよく知られるようになったが、イスラム教世界の人と話をする場合に、食べる物にも気を使う必要がある。「常識」は必ずしも常識ではない。

日本では一般的に、アメリカのそれと違い、道端で立ち止まり黙っている人に対して（その人が外国人であればなおさら）、通りがかりの日本人から「どうしましたか？」という問いかけがすぐ出てくるであろう。気を付けなければならない。それは過剰親切、というか、お節介にもなりかねないからだ。

アメリカでの二年間の生活の中で、多くの人々（人種、宗教、文化的背景も多彩）とつきあっていると自分の持っていた先入観はかなり間違いの連続であることも分かってきた。アメリカにおいても、ミスをした場合、謝る人は謝るし、〝怠惰な人〟は少なかった。大学内の多くの学生、大学院生達は一生懸命に勉強し、また研究実験を夜遅くまで続けていた。良いも悪いもその結果が結局は自分に跳ね返ってくることであるからだろうが、本当に頑張っていた。

一九八〇年代当時における日本経済の進展は目覚ましいものがあった。『ジャパン・アズ・ナンバーワン』という本が評判になっていた時代である。一方でアメリカ経済の落ち込みはひどかったことから、「今や日本はアメリカに学ぶものはない」と言い出す日本人、特に大企業から研究室に派遣されてくる人達が周りにいた。上述の「アメリカ人は怠惰」の表現にもつながるが、中にはアメリカ人を見下したような酷い言い方すら出ていた頃であった。勿論、良識ある人達は、そんなにアメリカを甘くみてはいけない、と警告していた。日本経済のバブル崩壊を経て、二十一世紀の今の経済的状況をみれば一目瞭然であるが、アメリカの経済、社会は元気がある。それも三十年前のアメリカの学生、大学院生ら若者達のその後の活躍があったればこそであろう、と思っている。

自由闊達さ、これがアメリカ社会の強みであろう。名前の呼び方でも感じたことであるが、肩書が何であれ、対象となる一つの事を議論する上では皆が平等であり、それぞれの意見は尊重すべきである、というしっかりした視点があると思う。私達日本人は大いに学ぶべき点だと思う。実際には経験豊富な人の意見の方が的を射ていることが多いのだが、経験の無い人の意見の中には全く予想もつかない、着想が素晴らしい考えを提示されることがある。現実的には、そうした未熟さの中に輝きもある意見が採用されるか否かは日米間で大いに異なる。いまだ年功序列が蔓延《はびこ》る日本社会ではそうした意見を若い人が述べる機会も少ないし、あったとしても採用されることはまずない。しかし他方で、日本で知識人と言われる人の発言の中には、どこそこの国は大変素晴らしいが日本はダメだ、という表現によく出合うが、これは正しい見方ではない。何が良くて、何がいけないか、の視点が必要である。全てが良い、という事は無い。一つ言えば、実力が通用する社会の裏返しかもしれないが、アメリカでは高齢者に対する敬意の表し方が少ないようにも思える。

これからいろいろの経験を積むことになる特に若い人達にエールを送りたいと思い、言いたいことを最後にまとめておきたい。これまで多くの国を訪れ、沢山の外国人と話をし、情報交換をした経験の中で学んだこととして次の点があげられる。

⑴外国旅行も良いが、機会があれば長期間外国で生活し、そこでの文化、習慣の違いを「肌で感じる」ことが大事。⑵多くの外国人と知り合いになり、考え方の違いを理解し合う。⑶外国人との相互理解においては常に謙虚であること。⑷良いものは良い、悪いものは悪い、とする判断力、批判的精神が必要。⑸いずれにしても言葉の問題は大きい。英語は相互の理解において最も重要な言語であろう。

「百聞は一見に如かず」も正しいが、さらには見るだけでなく言葉で理解を深めることが大事である。自らの足元（拠って立つ基盤、日本の心を忘れては何もならない）も見ながら、大いに外に向かって視野を広げ、より多くの知見、情報を得て、それらを自分の世界観、価値観を確立することにつなげていく、言い換えれば「目的」「志」を持って臨むことが大事であろう。外向きのベクトルを持て、ということにもなる。何事もチャレンジ精神でやってみよう。

全校ワックス

前田　ユウヒ　長野県

中学生のころから、役者になることが夢だった。だから、自分が演劇をやめるなんて考えたことがなかったし、そうなるはずはないと思っていた。

高校演劇を始めて最初に出会った台本は、中村勉作「全校ワックス」だった。全校ワックスは、性格がばらばらの五人が名簿順で集められ、小さなトラブルを起こしながらも、ワックスがけを通して徐々に仲を深めていく……という物語だった。今思えば、あの台本は私たち演劇部そのものだったのかもしれない。

全校ワックスは、文化祭、地区大会、県大会の計三回の上演を行った。その約半年間、ほかの台本を演じることはほぼなく、同じ台本を繰り返し繰り返し練習し続けた。上演時間はたったの一時間だというのに、背景にはその数百倍の時間が存在するのだから、演劇は面白い。

本格的な練習は文化祭公演の後から始まった。文化祭発表の改善点の話し合いから、台本のリメイクも行った。夏の暑い日には、部室が三十五度を超えることも多い中、毎日毎日練習にいそしんだ。

私がもらった役は「上田」という女の子の役だった。上田は人に同調するのが得意なタイプで、五人のばらばらな性格の接着剤を果たす役割だった。私自身が演劇部ではそういう役割だったし、上田は演じやすかった。上田には「飯野」という元気で気の強い幼馴染がいて、その役を演じたのが、部長のマミ先輩だった。マミ先輩も飯野に似通ったタイプで、何をするにも直球、素直で無邪気。何よりも、顔いっぱいで笑う顔が印象的な人だった。私はそんなマミ先輩が大好きだったし、マミ先輩も私をかわいがってくれた。私たちは普段から仲がよかったこともあり、掛け合いのシーンはなかなかに息が合った。適当に決まった役者配置だったが、どの役もすべて、ぴったりと役者にあっていた。今振り返ってみると、何かの縁があったのかな……とさえ思う。

文化祭公演の改善点を元に、地区大会発表には大幅に台本を変えて臨んだ。マミ先輩は、口癖のように「関東大会まで行くぞ！」と言って、みんなの意識を高めてくれた。そうして、時々「私を引退させないでよね！」と冗談めかして言っていた。マミ先輩は誰よりも一生懸命な人で、それに憧れていた私もそうあろうとしていた。三年生になったら、私も部長になって、マミ先輩のようになりたいと、密かに考えていた。

毎日毎日、同じ台本を繰り返す日々。役者と裏方の意見が合わないことも多く、何度も衝突と和解を繰り返した。それでも、部員同士の仲が悪くなることはなかった。部室にはいつも笑いがあふれていた。私はそんな演劇部がたまらなく好きだった。

練習の末に、私たちは地区大会で金賞を獲得した。地区大会で一番をとったのだ。それはもちろん喜ばしいことであったが、それよりも達成感がすばらしかった。目に涙をうかべ、肩をたたきあって喜んだ。

「全校ワックス」は不思議な力を持っていて、やりこめばやりこむほど深く理解できた。ただ、たった一つだけ、私には理解できない台詞があった。

「この五人はあいうえお順（名簿順）で集まっただけの偶然だよ。きっとまた集まっても、ワックスが乾いたら、こうやって笑い合えないと思う。だけど、私はみんなが大好きだよ」

これは、ラストで上田が言うセルフだ。物語の中で、徐々に仲良くなった五人。ワックスがけが終わったとしても、人は変わらないのだから、仲良しのままでいることはできるはずだと、私は思っていた。

地区大会から三ヵ月後の県大会には、さらに台本をグレードアップさせて臨んだ。「関東大会までいけるかもしれない」と誰もが思っていた。

しかしどうしたことか、私たちは本番にかぎってうまくいかなかった。何が原因だったのかはいまだにわからない。演劇はたった一人の役者の気分で、舞台の空気を大きく変えてしまうこともあるから、もしかすると、誰かが緊張や不安を感じていたのかもしれない。とにかく、舞台の何かが違ったのだ。役者全員が、失敗したことを感じた。

　上演が終わって、会場のロビーのいすに腰掛けたまま、しばらく誰も何も言わなかった。一度しらけてしまった空気は戻ることがなかった。マミ先輩は誰よりも落ち込んでいて、今にも泣き出しそうな顔だった。

　みんながその場を離れても、マミ先輩だけは動かなかった。なんと声をかけてよいのかわからず、それでも声をかけたくて「お疲れ様でした」と言った。すると、マミ先輩は私をキッとにらみつけて、「何が？」と返した。怖い声だった。先輩は部活引退に対しての言葉だと思ったのかもしれない。私はしまった、と思って、「今回の劇です」とだけ言って、逃げるようにみんなのあとを追った。肝心なときに励ますこともできない、自分の無力さを痛感した出来事だった。

　なんとなくしらけた空気を引きずったまま、結果発表を待った。結果は六位。決して悪くはなかったが、みんなの目には自然と涙があふれた。終わってしまった。三年生の引退が決定された瞬間だった。悔しくて、悲しくて、それでも三年生のほうが、マミ先輩のほうがつらいだろうと思うと、ますます苦しかった。

　先輩が引退した後の部活は、がらりと空気が変わった。マミ先輩たちに代わり、二年生中心の新たな部活がスタートした。新しい部長は、物事をどこか一歩引いて考えるようなタイプで、マミ先輩とは正反対の人だった。部員は、以前のように騒がしい感じがなくなった。上田の台詞の意味がわかった気がした。最高のチームだと思っていたそれは、「そのときのそのメンバー」でしかなかったのだ。たとえ同じ人間がそろったとしても、時間や場が違ってしまっては、成り立たないのだ。それに気がついたとき、私は深い悲しみを覚えた。そして、演劇に対する気持ちも、徐々にそがれていった。高校一年の暮れともなると、進路を考えはじめる時期でもあって、私は迷いに迷った挙句、演劇をやめ、ほかの多くの人と同じように、大学受験をしようと決意したのだった。

マミ先輩が卒業するとき、私たちは抱き合って別れを惜しんだ。

「ユーちゃん、これからもがんばってね。私もがんばるからね」

目に涙を浮かべながらも、笑ってそう言った先輩の言葉が、私には苦しかった。私は「はい」とだけ答えた。マミ先輩は、プロの役者を目指すことになっていた。これから演劇で生きていこうとする彼女に、どうして自分が演劇をやめるなどと言えただろう。私には言えなかった。

マミ先輩が卒業してからおよそ一週間後、私は正式に部活を辞めた。今は、授業や勉強に熱心に取り組んで、大学受験に向けてがんばっている。

部活をやめて一年以上が経った今も、あの夏を思い出す。私はあのひと夏の青春を忘れないだろう。そして、マミ先輩のことも。マミ先輩とは違う道を選んだ私だが、今でも先輩のことを尊敬し続けている。大好きな大好きなマミ先輩。選んだ道は違いますが、お互いにがんばりましょう。それぞれの道を。

あのとき偶然集まった演劇部員。偶然だったけど、私はみんなが大好きでした。全校ワックスに始まり、全校ワックスに終わった、あの夏の仲間へ。

Last Life

友加　埼玉県

今日までそれなりに様々な出来事を重ねては来たけれど、だからって、人生を語れるほど、まだまだ多くは生きていない。ただ、「私の大切なばあちゃんのことを何かの形に遺せたら」、そんな想いを抱えながら過ごしていた私。まるでその意思に導かれるように、今こうしてペンを執っている。

私の人生三十年、ばあちゃんの人生八十四年。生まれた時から、ばあちゃんの存在があった。母方の祖母だったので、なかなか自由に行き来出来ないもどかしさもあったが、私が遊びに来るのを心待ちにしてくれていて、いつだって笑顔で迎えてくれた。

親と離れて、一人で泊まりに行くのが楽しみで仕方なかった。真夏の照り付ける暑さも、真冬の凍える寒さも何のその、原付バイクのばあちゃんと自転車の私、遠くのスーパーまでよく買い物に出かけたものだった。

大人になるにつれて忙しくなり、昔ほど顔を出せなくなっていったが、それでもばあちゃんに会えるとなると、それだけでワクワクしたし、ばあちゃんの手料理を食べられるのが何より楽しみだった。夏は冷汁《ひやじる》、冬は雑煮とお汁粉。正月なんて、ばあちゃんのお汁粉を食べないと新年を迎えた気がしないほど、その味は私の中に染み込んでいた。

ばあちゃんは、十二年前にじいちゃんを亡くしてから、隣の家が隣とは呼べないほど離れている、田舎のど真ん中にたった一人で暮らしてきた。温かくて大らかな性格が故、近所の人たちのよりどころで、誰かしら遊びに来ていた。そしてそれをばあちゃんはよく「お茶ごっこ」って言っていた。好き嫌いもなく、何でも食べるばあちゃん。年を重ねるごとに、足腰が弱くなったり、持病の糖尿病は患っていたけれど、それを除けば健康で元気そのもの、「九十五まで生きるって、昔占いで言われたの」という言葉通り、ばあちゃんはずっと元気に笑ってくれているものだと思ってた、去年のあの日までは……。

去年の五月、ばあちゃんは「体調が悪い」と言って、大きな病院で検査を受けた。待っていたのは、あまりにも残酷な現実。ばあちゃんは「胃がん」だった、それも進行性の。この時点で、足はパンパンに浮腫《むく》み、お腹はスイカみたいに膨れていた。その症状が意味するもの、それはもう手術が出来ない末期の状態だということ。私は、ありとあらゆる医療系のサイトを読み漁り、その事実を目にした瞬間、頭が真っ白になった。

「大好きなばあちゃんが死んじゃうの？」

初めて頭をよぎった、死という恐怖。携帯を持つ手が震えたのを覚えている。

でも、一番怖いのも悲しいのもショックなのも、他の誰でもないばあちゃん自身だ。それなのに、ばあちゃんは笑っていた。「大丈夫、大丈夫」と、自分に言い聞かせるみたいに。そんなばあちゃんに、私が出来ることは？　残された時間を、後悔することなくばあちゃんと過ごしたい。その日、私は密かに決意した。

しばらく一人家で過ごしたばあちゃんは、六月末に入院した。その日から、仕事を終えた後はばあちゃんの病院へと通う、という日々が始まった。ばあちゃんの体調は一進一退、良い日もあれば、悪い日もある。痩せ細り、自分で起き上がれるだけの体力を失ったばあちゃんは、ベッドの上で真っ白い天井を見つめていた。だから、毎日欠かさず日付と曜日と時間を伝えた。一日中寝ていると、時間が分からないと、口癖のように呟いていた。

私は、晴れの日も雨の日も、雷雨の日も、欠かすことなくばあちゃんのもとを訪ねた。そして、その日の出来事をばあちゃんに報告した。嬉しかったこと、悔しかったこと、腹が立ったこと、仕事の愚痴。とにかく、ばあちゃんが笑ってくれるよう、それだけだった。

最初は笑ってくれていたばあちゃんも、痛み止めの薬を使うようになり、眠っていることのほうが多くなった。それでも、必ず手を強く握って、一人語りかけた。帰り道を心配して早く帰るよう促していたばあちゃんが、いつの間にか帰ろうとする私を引き留めるようになっていた、「もう行くんかい？」と。きっと寂しかったんだと思う、一人になるのが怖かったんだと思う。私は後ろ髪を引かれる思いで病室を後にしていた、「明日もばあちゃんに会えますように」と願いながら。

日に日に衰えていくばあちゃん、近付いて来るサヨナラの気配を感じていた夏の終わり。まだ八月末だというのに、もう秋が来てしまったかのように肌寒い日が続いた。

遂に、その日はやってきた。出来ることなら、絶対に来てほしくなかったお別れの時。ばあちゃんは、遠い遠い場所へと独り旅立った。最期の最期まで穏やかで、まるでばあちゃんの人柄を表しているかのようだった。看護師さんたちからも、「きっとすごく痛くて苦しくて辛かったはずなのに、いつも私たちのことを気遣ってくれた。それに、一言も弱音を吐いたりしない強い人だったわ」と言われた。どこまでも優しく、どこまでも強いばあちゃんが、私は心底誇らしかった。

葬儀を終え、最期のお別れをしたその日。私は何となく昔使っていた携帯を取り出し、電源を入れた。そこには、なんとばあちゃんからの留守電が残っていた。もう二度と聴けないはずの私の名を呼ぶ、大好きな声。その声を母に聞かせ、二人で声を上げ泣いた。以来、寂しくなると、そっとその声に耳を傾けている。

あれから半年が過ぎた今も、あの家には変わらずにばあちゃんがいて、いつもみたいに笑顔で出迎えてくれるような気がしてならない。今でもまだ悪い夢を見ているだけで、夢から覚めたら、ばあちゃんは生きているんじゃないかと思ってしまう。大切な人の死を受け入れるということは、容易《たやす》くはないのだと痛感している。

ばあちゃんと私の人生が交差した三十年。その中の、ばあちゃんが病に倒れ、空へと旅立つまでの約三か月。思い返すと、一つ一つ鮮明に蘇る。最期の瞬間のことを思うと、今でも涙が溢れてしまう。悲しくて寂しい思いに駆られるけれど、もっと出来たことがあったんじゃないかと、悔やんでしまうけれど。ばあちゃんと私が歩んだあの三か月は、一番濃い時間であり、温かくて幸せで切ない、二人で紡いだ優しい時間。私の人生において、間違いなく忘れ得ぬ時間になったことは確かだ。

ばあちゃんを失って教わったことがある。永遠の命は憧れでしかなく、人は誰も皆いつか必ず死を迎える。だからこそ、後悔のない日々を送りたい。今、私の周りで支えてくれている人たちを大切にするということ。いつだって感謝の気持ちを忘れないということ。ばあちゃんのような、温かくて心の大きな人になりたい。そんな想いを胸に、これからの人生、胸を張って生きていきたい。

ばあちゃん、私、ばあちゃんの孫で良かった。本当に幸せだった、ずっとずっと大好きだよ。この先の人生、どんなことがあっても一歩ずつ前に進み続けるから、どうかその場所から見守っていてね。

哀歓会者定離

肥後　昌男　宮崎県

生きとし生けるもの出会いあれば別離ありこれ又必定であろう。これこそは往きて帰りし道程なのであろう。

思い起こせば戦争さなかの揺れ動く私の青春時代その移ろいゆく心情を何に託せばよいのか疑問だらけであった。

戦争終盤宮崎の海軍特攻基地から最後の特攻機が出撃して早七十年の歳月が過ぎようとしている。

戦争も末期の頃海軍特攻基地周辺の民家では基地の少年隊員を慰労する習わしがあった。我が家にも少年隊員達が訪れていた。非常時という厳しさの最中過ぎてゆく風のような短い時を精一杯生きた彼等との日々が思い浮んでくる。その頃の彼等の言動は小学校高学年の私に強烈な心情的影響をもたらしくれたようであった。それらは私とは数年年長の彼等の言動から強い精神力と優しさとを身近に体験できたことである。

ある夏の休日T少年隊員と裏山に蝉捕りに出かけた。「ボク二、三日したら逃がしてやってね、蝉の命は短かすぎるからね、約束だよ」と彼は蝉をカゴに入れてくれた。今にして思えば蝉同様に短かすぎる命に思いを馳せていたのかも知れない。出撃して果てた少年隊員達はお盆の頃になると蝉やホタル等に生れ変わり古里や思い出の郷を懐しんでいるのではないだろうか。

ある時実家が漁業という少年隊員と自宅近くの川へ魚釣りに出かけた。川に着くと彼はやおら褌ひとつになり石の間の魚を手さぐりで捕まえ始めた。「これはまだ子供だからね、もうすこし生かしてやろうね」と彼は捕まえた魚を悉《ことごと》く放してしまう。少しでも長く生きたいとの思いを魚に託したのではないだろうか。その日もうだるような暑い日無口な少年隊員と昼食を共にした事があった。この頃は食糧事情が逼迫し冷や汁や雑炊の日々が続いた。祖母の手造りの料理がうまかったのか御代わりをした童顔の少年隊員の頬に汗と一緒に涙が流れ落ちるのが見えた。「おいしいとね、ぎょうさん（たくさん）食べてね」と祖母の呼びかけに少年隊員は汗と涙を手の甲でぬぐいながらこっくりと頷いた。夕刻少年隊員が帰隊する際「もぞなぎしてね（可哀想）」と祖母はポロポロと涙を流しながら見送った。そして少年隊員の姿が見えなくなってもしばらく立ち尽していた。

夏も終りも近い雨降りの休日、幾度か我が家を訪れている少年隊員が痩せこけて汚れたオスの子犬を連れてきた。子犬は残りものの雑炊を食べて落ち着いたのか寝入ってしまった。少年隊員は帰り際に私に「タケと呼んで可愛がってね」と言った。この少年隊員にはタケタケと呼んでいた仲の良い弟がいたが空襲で亡くなったと私の母に語ったそうである。

この少年隊員が我が家を訪れるとタケは全身で喜びを表しずっと一緒に過していた。その情景に「あなたとタケは兄弟みたいね」と私の母は少年隊員に語りかけていた。この少年隊員が我が家を訪れるのが最後となった日「訪れるのは今日が最後になるでしょう」と私達に別れを告げた。それから数日後タケが我が家から姿を消した。私達は捜し続けたがタケの行方は分らなかった。「タケは兄ちゃんのそばに行ったんじゃろう」と祖母は悲しげに呟いた。天国で弟に再会したであろう少年隊員に嬉しそうに戯れるタケが思い浮んできて切ない心地だった。この様な彼等との出会いそして別離は悲しみの中にあっても忘れがたい思い出となり永遠に私の胸中に残っていく事だろう。

優しくなければ強くなれない、強さは優しさの中しかない、強い人じゃないと優しさが持てないのも彼等が身をもって教えてくれた。尚当時の彼等の生き様を形にしてとどめるものはないが共に過した一時の記憶が私の胸中に今も息づいている。

戦争も最後の夏野球好きのM少年隊員との日々が懐しく思い出されてくる。私は彼を「お兄ちゃん」と、彼も「マー坊」と呼んで可愛がってくれた。彼との別れの日「マー坊飛行機乗りになれよ待ってるぞ!!」と彼は私の飛行機好きを知ってかそう言って笑顔で去っていった。

〝我が空は我が空ならず秋の空〟

戦後やっと日本の空が戻ってくると航空自衛隊が発足した。私はこの時を待っていたかの様に志願し念願叶い入隊することができた。時は流れて数年後私は夢に見たソロフライト（単独飛行）に飛び立った。「お兄ちゃん約束を果したよ‼」と私は太平洋をまたぐかの様な雲の墓標に向って叫んでいた。「おお待ってたぞ‼」と入道雲の天辺あたりにM隊員の笑顔が私に語りかけている様に思えた。

激動の昭和を懸命に生き呻吟し短かい青春を駆け抜けていった彼等にとっては永遠という時間の瞬時に存在する人生であったのであろう。

〝次の休暇はないと特攻の君は去りし遠き夏の日風化などせぬ〟

彼等こそが有限の時を歩む旅人となり、とまれ与えられたその短かい時を精一杯生きたと言えよう。

失なわれてよい人なんかいない、だが戦争は春秋に富む若者達を奪い取ってゆく。

今にしてみれば自分自身忘れたつもりでも来し方の傷痕は消えるものではない。だが過ぎ去った遠き日々熱い胸に刻まれた彼等との交流は初々しい思い出と共に言い知れぬ感動をもたらしてくれたものと感謝している。

マイペースに、ゆっくりと

廣瀬　功一　東京都

私には幼少時から吃音《きつおん》があった。「吃音」とは、言葉につまり流暢に喋ることのできない障害である。

小中学生の頃は順風だった。友達に恵まれ、勉強もよくできた。サッカー部で汗を流し、県内有数の進学校に進んだ。

しかし、高校に入ると吃音にコンプレックスを感じるようになった。うまく話せないことでひどく内向的になった私は、新しい友達を作ることができず、クラスの中で孤立した。勉強にもついていけなくなり、成績は落ち込む一方。不登校になって、とうとう一年の秋に高校を辞めてしまった。

高校中退後は、目的もなくただふらふらとして過ごした。吃音から人と会うのを避けるようになり、仲の良かった中学時代の友人とも遊ばなくなった。

このままではいけないと、美大に入るための予備校に通い始めた。絵を描くことが好きだったので、画家にでもなろうと考えたのだ。しかし、得意だと思っていた絵も、学んでみるとなかなか上達しなかった。自分より上手な生徒が何人もいるなか、自分には才能がないと感じるようになる。結局、三年続けて受験をするも合格できず、絵の道を諦めた。

高校中退に美大受験の断念。二度の挫折を経験した私は、人生に絶望した。まともに喋ることができないほど吃音は悪化し、家に引き籠もった。家族以外とは誰とも顔を合わせない日々が続いた。

一年ほど経ち、精神的に安定してくると、私は受験勉強をやり直して東京の大学に入った。二十二歳の再スタートだった。しかし、吃音や、人と接することへの恐れから、相変わらず周囲に溶け込めずにいた。年齢は高いのに、それに見合う社会経験や対人スキルがない。そのことも新たな劣等感となった。

一年次の夏。大学の図書館でふと手にした冊子に、「あなたも学生記者になりませんか?」という文字を見つけた。それは、学生が取材・執筆をする大学広報誌だった。部活動にもサークルにも所属せず、大学とアパートを往復する毎日。何か始めなければと考えていた私は、学生記者になろうと決心した。

挨拶のために広報室を訪れると、禿頭で、背の低い、口髭を生やしたおじさんが迎えてくれた。元新聞記者だというその男性が、広報誌の編集長であった。

「は、は、はじめまして。ひ、廣瀬といいます」

記者になりたい思いをどもりどもり話す私の言葉に、彼は真摯に耳を傾けていた。そして、「一緒に頑張りましょう」と、優しく微笑んでくれた。


学生記者になったものの、なかなか活動できずにいた。見ず知らずの人と会い、話をするのが怖かったからだ。

そんな私の背中を押してくれたのは、編集長だった。

「俺がついているから、心配しなくていい」

この言葉に勇気づけられた私は、初取材に臨んだ。

取材相手は、ある学生団体を主催する男子学生だった。年下にもかかわらず、態度も言葉も私よりずっと大人びている彼を前に、緊張して声が震えた。団体を立ち上げた経緯は？これからの目標は？　何度もつっかえながら質問を投げかけた。取材を終えると、手の汗でノートが濡れていた。

当然、記事など書いたことがなかったから、広報誌を何回も読み返して、見よう見まねで原稿を書いた。三日かけて仕上げた原稿は、「記事になっていない」と、原型が残らないほどに手直しをされた。

しかし、自分の記事が掲載された広報誌を手に取ったときの喜びと達成感は、それまでに感じたことのないほど大きなものだった。私にもできることがある、そう思った。

それから、記者活動に積極的に関わるようになった。大学主催の浮世絵展や、ハラスメントの防止啓発に取り組む学生団体など。学内外のイベントやサークルを取材し、毎号二、三本の記事を書いた。

記事を書くのは楽しかった。喋ることが苦手でも、文章を書くことで、思いや情報を伝えられると知ったのだ。

毎月の編集会議に出席し、他の学生記者と顔を合わせるようにもなった。初めは、知らない学生と同じ部屋にいるだけでも緊張して、自分の名前さえうまく言えずにいた。それでも、美大を目指して長く浪人していたこと、そのせいで年齢が高いこと。少しずつ自分の話をすると、皆、真剣に聞いてくれた。誰もが、温かな心で私に接してくれたのだ。同学年で同じ学部の記者がいて、一緒に授業を受けたり、学食を食べたりするようになった。彼は、学生時代一の親友となった。

そして、取材を通じて知ったボランティアサークルに加入した。そこでは、四肢麻痺の障害を持つ男性の在宅介護を行った。

電動車椅子で生活する男性のお宅へ伺い、食事や入浴の介護をする。介護にあたっては、どうすれば男性が心地よく過ごせるかをよく考え、実行した。在宅介護を通じ、他人の立場に立って考えることや、自分の行動に責任を持つことを学んだ。

こうして活動範囲が広がるにつれて、新しい友人や知り合いが増えていった。サークル仲間と学食やファミレスでだべったり、飲み会に参加してオールをしたり……。学生なら誰でも経験することが、私にとっては全て新鮮だった。少しずつ、ひとかどの経験を積んでいった。


三年次の秋、就職活動が始まると、再び吃音と向き合うことになった。

記者活動の影響もあり、新聞記者や編集者を志望した。しかし、高校中退とブランクのある経歴、そして、吃音が大きなハンデであった。

この頃には、人と関わる機会が増えたこともあり、吃音はかなり改善していた。しかし、人前に出ることや話をすることにはまだ強い抵抗があった。ましてや、極度の緊張を強いられる面接など、想像もしたくないほど恐ろしかった。

でも、逃げるのは嫌だった。

人前で話す訓練が必要だと考えた私は、面接講座やグループワークセミナーなど、大学の就職課が主催する就職講座を片っ端から受講した。とにかく、人前に出て話をする経験を積もうと考えたのだ。

この荒療治は利いた。どの講座でもどもりまくったし、笑われることもあったけれど、二十ほどの講座を受けた後は、度胸が付き、それなりに言いたいことを話せるようになっていた。

新聞社や出版社に入るためには筆記試験が重要と、作文の練習にも力を注いだ。書いたものを人に見てもらうのがベストだと考え、出版社に勤める学生記者のOBにアドバイスを請うた。最初は酷評された作文も、二つ、三つと見せるうちに褒められるようになった。

いよいよ就職試験が始まると、面接では何度もどもり、高校を中退した理由を幾度となく問われた。予想通り、企業の反応は思わしくなく、なかなか内定を貰うことはできなかった。自己嫌悪に陥り、吃音が悪化したりもした。

ようやく内定が出たのは、卒業間近の二月だった。採用されたのは、国語教材を作る編集プロダクション。小さな会社だが、希望していた編集の仕事であった。

実家に報告すると、受話器の向こうで母は泣いていた。長い間苦労を掛けてきたけれど、これで社会人として自立することができる。そう考えると、私も自然と涙が溢れてきた。

「出会いは人生を豊かにする」

これは、編集長から教わった言葉だ。

私は、まさにこの言葉通りの学生時代を過ごしてきたと思う。

高校を中退して一人きりになったとき、目の前は暗く絶望しかなかった。けれども、大学に入り多くの出会いと経験を経るなかで、景色は変わっていった。

編集長、学生記者、サークルやゼミの友人達……。行動を起こす度に新たな出会いが生まれ、その出会いがまた次の出会いを呼ぶ。そうして私の世界は広がっていった。数年前の自分が嘘のように、日々は充実し、豊かなものになっていった。

社会人となった今も、私は編集長の言葉を大切にしている。一年ほど前から、吃音者を対象とした自助グループを運営するようになった。吃音者同士で悩みや思いを共有し、交流を深めることが目的である。グループを通して得られる出会いや経験も、きっと人生を豊かなものにしてくれるだろう。

まだまだ長い人生の道半ば。マイペースに、ゆっくりと歩んでいきたい。

二人三脚↓二人四脚

水城　えつ子　三重県

一九八三年三月十四日。一人の女児が産声を上げた。第二子とはいえお産は長引き、ようやく出てきた新生児に、病院スタッフもホッと胸をなでおろした時の事だった。

「ちょっと待って。まだ何かいる」

母以外の、そこにいた全員がブッたまげた。

産まれるまで存在を認識されていなかった双生児の片割れ。十分後、もう一人の女児がこの世に生を受け、一組の一卵性双生児が誕生した。

先に産まれた姉の方は、生まれつき心臓に欠陥があった。二歳で心臓手術、十四歳でバセドウ氏病を患い、病弱という程ではないが、幼少時はよく病院のお世話になった。

後に産まれた妹の方は、これといって大きな病気もせず、食欲旺盛、元気いっぱいな子供だった。何やかやありながらも、二人はすくすくと育ち、小学生になった。

小学校のクラスは常に分かれていたが、片方の友人は大体もう片方の友人になる。楽しみは二倍に、悲しみは半分になった。

二人でいれば目立つ分、必ず覚えてもらえた。一人に意地悪しようものなら、もれなく二倍になって返ってくるという、周囲への無言の圧力も働いていただろう。双子は武器であり、また盾でもあった。「よく間違えられる」「常に比べられる」という、二人でいる以上絶対不可避な難点を除いて。「何があっても、彼女だけは私の味方だ」そんな絶対的な信頼が、自信にも繋がっていた。

もちろん喧嘩も沢山した。しかし母のお腹の中で、一緒に受精卵から人間へと進化の過程を超えてきた絆は、簡単に揺らぐものではない。最良のライバルであり、最大の親友、唯一無二の関係。

中学に上がり、見分けを付ける為にと、姉が髪型を変えた。中高一貫校に進学し、入部したクラブは一緒、趣味も一緒。二人で友達と一緒に色々な場所へ遊びに行った。

大学は別々の所へ進んだ。姉は実家近くの大学に通い、妹は東京で寮暮らしの生活。初めて離れる不安はなかった。いいかげん離れたい、という思いもあったし、コイツなら大丈夫。何が変わるワケでもない、という確かな気持ちが二人にあった。

お互いの友人とも仲良くなった。「似てるね」と言われると、お互いに「こんなのと一緒にしないでよ」と言う。「似てないね」と言われると、それぞれが「私の方が可愛いからね」「私の方が美人だし」と言う。中には、「全然似てないじゃん」と言う人もいて、そう来ると、「これでも長いこと一卵性双生児やってるんだけどね〜」と言う。〝双子である各個人〟として形成されたアイデンティティーは、そんな複雑な感情として現れた。

社会人になり、二人暮らしを始めた。２ＤＫで、部屋は別々。お互いの事は分かりきっていたが、それでもなお、自活していくという中で、互いに対する新しい発見が多々あった。何の気兼ねもいらない、新鮮な日々。平日はそれぞれの仕事、生活でバラバラだったけど、毎日必ず同じ家に帰ってくる。そう、いつものように。十年間の二人暮らしは、穏やかに楽しく過ぎていった。

三十歳を過ぎて、妹が結婚を決めた。

姉は喜んだ。もちろん喜んだ。しかし、複雑な気持ちの方が大きかった。とり残される寂しさ。もう、同じ「家族」ではなくなってしまう。私達のこれまでの年月が、「戸籍」という一枚の紙切れによって、家族関係も本籍も根底から覆《くつがえ》され上書きされて、全然別個の家庭、異なる社会の人になってしまう。どうしようもない法的な力により、「私が共に生きてきた、私の知っている彼女」ではもうなくなってしまう……。手放しの祝福と、足元から崩れ去るような大いなる喪失感と。整理のつかない感情に、一晩泣き明かした。

程なくして、姉も結婚する事となった。

妹は、「ああ、私が結婚する時、姉はこんな気持ちだったのか」という感情に、姉の式が終わって泣いた。

お互いの知らない土地、知らない家庭でのそれぞれの生活が始まった。電話やメールで、互いの近況などを伝えあった。

一年後、姉は妊娠した。妹は離婚した。

彼女のお腹の中では、新しい命が日毎に成長を続けている。私の時は止まったまま、日常だけが淡々と過ぎていく。私が三歩進んで二歩下がって佇んでいる間に、彼女は駆け足で、母親という人生をスタートさせている。

二人三脚で肩を組んで、「行くよー。いち、に、いち、に、こっちだよー」「いや、こっちじゃない？」と、お互いに言っているんだと思っていた。高校までは、間違いなく足は固く結ばれていた。大学に入って、社会人になって。でも、長く伸びた紐の先には、お互いの足があり、いつでも肩を組めると思っていた。

先に「結婚」という形で、その紐を解いたのは私だった。抜きつ抜かれつしながらも、一緒に歩んで成長していたつもりだった。少しずつ少しずつ距離が離れて行って。気がついたら、既に相手の姿が見えなくなっていた程に、道が分かれていた。

いつからだろう。いや、多分最初からかもしれない。

高校で戸籍謄本を取った時に、「一卵性双生児」のような記載は戸籍にはどこにもなく、明確に「長女」「次女」と書かれているのを見て、切ない気持ちに見舞われた事を思い出す。

二人三脚の時代は、お腹の中まででで終わっていたのかもしれない。

私の頭頂には、不自然に陥没したような凹みがある。それに気がついたのは、二十代を過ぎた頃だった。その陥没具合や形を考えると、きっとこれは、双子の姉が「私が先よ！」と、私の頭を踏みつけて行った跡に違いないと、私は思っている。

お腹の中で一緒に成長し、私の頭を踏みつけて出て行った彼女。きっとそうやって、実は私の先を行っているのだ。そういえば、社会に出たのも彼女の方が早かった。恋人が出来たのも、彼女の方が早かった。煙草は、私の方が先だった。夢の職業に就いた私を、彼女は少し羨ましがっていたが彼女の方が給料は良かった。お金を貸してもらった事も数知れずあった。ちゃんと返した。いや、踏み倒したのもあるかもしれない。結婚は、私の方が早かった。妊娠は、彼女の方が早かった。離婚は、私の方が早かった。（できれば経験したくはなかった……）

どちらかというと行動的で堅実派の姉。

どちらかというと理論的で夢見がちな妹。

足元に伸びる、別々の道。

もう、手を繋いで一緒に歩く事はできないけれど。彼女が歩くなら、私も歩こう。二人で四脚。それぞれの脚でしっかりと、踏みしめて行こう。

年齢的にはれっきとした「おばちゃん」だけど、近い未来、間違いなく「おばちゃん」

になり、そう呼ばれることを願う私がいる。

彼女と、彼女の未来の子に、笑顔で顔向けできるように。

最良のライバルであり、最大の親友。

二人の将来の夢は、二十一世紀のきんさんぎんさんとしてデビューする事。その約束を果たす為には、まず百歳まで生きなければならない。

ああ、これは立ち止まったり休んでる場合じゃないなあ。

ところで、ちらちらと先述しているが、私達には第一子である兄がいる。

兄ですか？　多分元気にやってると思いますよ。まだ独身だけど。

四角い空

佐藤　ハナコ　神奈川県

自分の人生にそんなことが起こるなんて、考えたことすらなかった。平凡に暮らして仕事して、結婚して子供を育てて、それが当たり前にやってくる未来だと、疑いもしていなかった。しかし些細なきっかけで、五年間の結婚生活のピリオドはやってきた。悲しくて泣き続け、お先真っ暗、不幸のどん底に落ちた気分だったが、夫婦二人だけの間で話し合いがこじれることもなく、届け出をしてほどなく終了。その後旧姓に戻すための各種変更手続きに明け暮れているうちに、次第に時間が心を癒してくれていた。

いやいや、最後に一番大きな課題が残っていた。

この先、さて生計はどうしよう。転勤族の元夫について海外に出たり、地方都市に暮らしたりと、各地を転々としていたため、五年間でやってきた仕事はアルバイトのみ。これから独り身とはいえ、それじゃとても食べていけない。三十代半ばになり、会社員としてはブランクがあるのに、再びやってきた就職活動。なかなか絶望的だった。

しかし待てよ、よく考えれば定職にもついておらず、養う家族もいない私に失うものはない。限りなく自由の身であることが背中を押し、幅広い視野で職探しをするうちに、いつしか海外就職紹介サイトを毎日チェックするようになった。
二、三年海外で働いてくるっていうのもいいかもしれない。どうせなら語学の勉強も兼ねて。離婚したなら、その後の人生ちょっとカッコよく色付けしてみようか。当然心配して反対する両親を押し切り、私は縁もゆかりもない東南アジア某国へ就職活動に出かけた。今思えば割りと思い切った行動である。離婚というネガティブな作業で、へんなアドレナリンでも出ていたのだろうか。
安い深夜便を使って到着、その国が誇る世界有数のハブ空港では、明らかに日本とは違う多民族の空気が流れていた。独特のなまりのある英語、のみならず中国語をはじめとする何カ国語もの案内表示、様々な民族衣装を身に纏った人々が行きかう姿に、日本を飛び出てきたことがやっと現実味を帯びてきた。空港から一歩踏み出たとたんに生ぬるい風が体を包む。ほとんど明け方にチェックインしたその日のホテルでは、南国らしく部屋の隅にアリの行列ができていた。

翌日から早速仕事探し。事前にコンタクトしていたエージェントを介して、地元企業の他、日系、外資系、さまざまな業種からの募集に目を通す。ブランクはあったが、結婚前のキャリアがかろうじて生きていたため、また当時は、まだまだ日本人の需要が高かったため、縁あってある企業からの内定を得ることが出来た。

そして次にやってきたのは本格的な移住の準備。さて、私には住む家もない、知り合いもいない、留学気分の軽い気持ちで飛び出してみたものの、その国での生活が現実味を帯びてきたとたん、不安に押しつぶされそうになる。内定した会社の前でベンチに座り、これ以上ないほど悩んでいた私の目に映ったのは、高層ビル群に切り取られた四角い青空だった。近代建築と自然の不思議なコントラスト。そのまぶしさに力を感じ、この空の下で、このビル群の中で挑戦してみようと、次第に心は決まっていった。

ホテル暮らしをしながら、週末はネットカフェに入り浸り、現地情報を貪《むさぼ》り最大限に活用し、まずは当座住む部屋をなんとか確保。とはいえ見つけたその家は、錆びた門とぼろぼろドアの一軒家で、中国人大学生とシェア暮らしだった。この年でまさかのシェア生活。仕方がない、お金もない。今ある中でベストの選択。

家の中では虫やヤモリとの遭遇も日常茶飯事で、おまけに部屋を紹介された不動産仲介人から手数料をだまし取られ、まさに踏んだり蹴ったり。初っ端から心がくじけそうになるが、いい部屋が見つかるまでの辛抱だと自分に言い聞かせ、格安物件で浮いたお金に感謝し、なんとか生活をスタートさせた。

唯一の癒しであった、部屋から見える南国の木々が私のお気に入り。つらい時も雨の日も、その木々を眺めているうちに、そこはすっかり自分の居場所になった。

結局その部屋に一年半も住み続け、適応力のすごさに自分でも驚いた。そして会社と家の単純往復の毎日から、途中でスーパーへの寄り道が入り、ひとりごはんが出来るお店が入り、そのうちスポーツジムなんかにも入会したりして、ぽつぽつと友達もできた。一日一日が必死だったけど、気がつけば新天地でいっぱしの生活が送れるようになっていた。

この国にはたくさんの日本人が暮らしていた。自分の周りにもいつしか増えていった日本人の友人たち。よくよく聞いてみると、その国にやってきた理由は本当に人それぞれであった。日系企業からの駐在や、海外就職にチャレンジを求めてやって来た人が大半だが、中には現地の人と結婚を機に移住してきた人もいれば、彼氏の転勤を追いかけて勢いで付いてきた女の子も。グローバルな転勤族の夫について、何十年も何カ国でもの駐在生活を笑顔で話す奥様や、起業するためにこの地を選んだ若い青年、はたまた子供を産んで離婚した後も、子どもと二人でこの国で生きていくことを決めた肝っ玉母さん。すべて日本人の話である。

私自身が離婚を経て海外へ飛び出し、生活の基盤を一から始めたことをちょっとすごいな、なんて思っていたが、そんな経験が吹き飛ぶくらい多種多様なエピソードが周りにはあふれていた。自分の視野がいかに狭かったか、世界はいかに広いか、思い知らされる現実。日に日にコミュニティは広がり、周辺国にも日本人の知り合いが増えていくたび、その国に暮らすことになった彼らの人生を、私はまるで物語を読むかのように夢中になって聞いていた。

そんな彼らからおのずと影響を受け、自分自身もゆっくり変化していった。二年くらい、などと気楽な気持ちで日本を飛び出てきたもの、気がつけば現地生活も七年を超え、ほとんどのことは何不自由なく生活できるまでに成長した自分だったが、それでもふと、ビルの前で見上げたあの四角い空をよく思い出していた。あそこがこの道のスタート地点であったから。あのベンチで決心した日から、今の人生はつながっているのだ。

住む部屋を探しながら散策した道で、巨大なヤシの実を眺めたり、あり得ない大きさの枯れ葉に驚いたり、道端に生るバナナに思わずシャッターを切ったり、そんな旅行者気分だった自分が、いつしかこの異国の地で独り立ちして暮らしている。電車やバスを乗りこなし、ターバンを巻いたおじさんの隣に座っている自分に違和感を覚えなくなったのはいつ頃からか。

もう一度、同じことを一からスタートしろと言われたら、限りなく不可能に近い。正直言って勘弁してほしい。しかし、それを一度でも実際にやり遂げた経験が、自分の奥底にある力強さを教えてくれている。

昨年、ようやく日本へ戻ってきた自分に、この先また別の転機が訪れたとしても、それを受け入れるだけの器は形成された。その器に入れていくのは、経験と知恵と度胸。離婚して、せっかくならちょっとだけかっこよく人生を色付け、そんな甘えた考えは、思いのほか強い自信となって自分に戻ってきたのである。

歌ありて・わが人生（母恋放浪記）

吉原　ひさお　大分県

暗い浮世の　この裏町を
覗く冷たい　こぼれ陽よ
なまじかけるな　薄情け
夢も侘びしい　夜の花

昭和初期に流行《はや》った。切々と心にしみる哀愁に満ちた、この歌詞とメロディを聞いていると、私は五十年ほど前に同じ職場で働き、兄弟のように親しくしていた一人の、友人のことを想い出す。彼はエンジニアで出張が多く、九州一円をわたり歩いていた。或る夏の日の夜、出張先の接待宴会の席で倒れ、あっけなく帰らぬ人となった。その葬儀の席上に身を置いた私は、黒い喪服を着た美しい未亡人となった奥さんと、その膝に抱かれた男の子の姿を正視できなかった。酒が入ると今でも私は、この「裏町人生」という歌をしみじみと唄い乍《なが》ら、彼のことを想い出すことがある。

一期一会
やがて淋しき
別れかな　　寿雄句

人は長い人生旅路の中で、どれほど多くの出会と別れを経験することであろうか、かけがえのない肉親との別れ、友人知人との別れ、別れとは哀愁に満ちた人生ドラマの一駒であると共に、別れは人を愛することの大切さを教えてくれるものである。人との出会、風景（世界）との出会、そして物との出会。親しい人との出会を楽しみに生きる、風景（物）との出会を期待し乍ら、旅をする。

私の歌との出会は遠く演歌の原点とも言われる、浪曲にある。昭和初期私が四、五歳の頃だったと思う。現、北九州市門司の、関門海峡を見下ろす小さな山の坂道にあった小さなわが家、そして更に上にあった豪邸から、夜になるとかすかに流れた。当時は珍しかった蓄音器の音《ね》であった。「佐渡情話」寿々木米若。「天保水滸伝」玉川勝太郎。「森の石松三十石船」広沢虎造等、数々の浪曲であった。私は、それ等を豪邸の玄関の階段にうずくまって、膝を抱いて聞いていたことを思い出す。雪が舞う冬の夜も……。

ここ十数年の間に私は、大切な二人の弟をガンで亡くしている。つらい別れだった。それに先立ち私は二十年つれ添った妻との離婚を経験している。それは正にこの世の地獄の出来事であり、悪夢として心の奥深く刻まれている……。

十一月中旬、大分の兄から演歌詩集「演歌《うた》ありて人生」が送られてきた。目次には「男うた」二十七曲、「女うた」二十三曲、の構成になっている。兄は現在、別府市に居住しているが、昭和二十年終戦、復員後職もなく貧困の生活の中で、小説、詩、など手当り次第に書きまくっていた。昭和四十七年、電電公社時代には近代詩集「冬の乳房」（立風書房刊）を出していた。いつの頃からか、カラオケを通して演歌に凝りはじめ、百編余りの詩を書きためているとのこと。今回の詩集の中で「さすらいトンボ」東芝ＥＭＩ、「日豊本線もどり旅」ポリドール、「春の酒」「片船きずな」テイチク、の四曲がレコードになり発売されたが、余り売れなかったようだ。最近では「故郷《ふるさと》シリーズ」「実録詩話シリーズ」に力を入れているとのこと。

◎**舞一代**（私の家内が題材）

一、親の顔さえ　知らずに育ち
　　何時か花咲く　日がくると

娘盛りを　稽古《けいこ》場通い
意地を通した　舞扇

◎藤田まことは役者でござる

一、おまんま食えるぞ　大福餅《だいふくもち》が
おやじの言葉に　惑わされ
いつか馴染んだ　芸の道
雀百まで　忘れぬ踊り
藤田まことは　〜
役者でござる

（セリフ）
お客さんには真中通ってもろて、役者は道の端《はし》を歩かなあかん。これが幼心に叩き込まれた、おやじの口癖やった……。

その他、京唄子師匠の生涯を描いた。「唄子まんだら母恋しぐれ」、又「これが美幸の演歌ぶし」という、川中美幸の歌もある。
「故郷《ふるさと》シリーズ」では、彼の力作「日豊本線もどり旅」がある。

◎**日豊本線もどり旅**（ポリドール）

（作詩）吉原ひさお
（作曲）登内紀夫
（唄）三井由美子

一、帰ったかえと　納屋《なや》のかげ
あねさんかぶりを　とりながら
迎えてくれた　母の顔
ひと駅ごとに
童《わらべ》にかえる　〜
日豊本線　あゝもどり旅

この詩は大分県南の三市五町村が、ふるさとの町おこしと銘うって、全国から募集。作曲家の大御所〝船村徹〟選により応募された二千二百余の作品の中からグランプリに輝いた作品である。

その他、「男の故郷《ふるさと》」、「望郷港うた」「北浜の女」「志賀の島の秋」「筑後川鵜情」「豊後姫だるま」等々がある。

この詩集のあとがきに……、

とにかく私は、人の心を打つような、人の涙がわかるような、詩を書き続けて行きたい。男は逞《たくま》しくなければ生きて行けない。女はやわらかくなくては女じゃない。私は年令にかゝわりなく、母の匂いを感じさせるような女性《ひと》が好きだ……。

とあった。幼くして母を亡くした共通の想いが、この結びの一文に凝縮されているようで、胸を打たれた。家庭的な言語に絶する不幸に見舞われ、貧困のどん底に喘《あえ》ぎ乍ら生き抜いてきた。兄の心で綴った魂の結晶である、この詩集を手にし、胸が熱くなり、一言一句が納得できる私である。

この一文は、私の弟が生前長く勤めていた東京の出版社の、「出版同代会」の会報に手記として発表したもので、弟の遺品の中から発見された。

それは遙かに遠い出来事なのに、鮮明に鮮明に心に蘇ってくる情景がある。確か四つ五つの頃であったろうか、私は無性に寂しく、拗《す》ねた気持を持て余していた。多分晩秋の薄ら日の差す、悲しい季節のせいであったかも知れない。木製のまるい盥《たらい》に洗濯板を斜めに突っ込み、洗濯をしていた母の背中を見ていた。「ベンベン（着物の袖）がふるう、ベンベンがふるう」と、ベソをかいて母を困らせた。その母は私が七歳の五月に急性肺炎でこの世を去った。

私は三十二歳の若さで逝った母の死に目に会っていない。母が亡くなる数日前、大雨の降る日の午後、母が入院する病院の院長の娘（私のクラスメート）と、病院の町の中心部を流れる大川の濁流《だくりゅう》を、大音響と共に川面を下《くだ》る木切れや、みかんの皮やゴミ屑等の行方を追いながら、二人で跳びはねはしゃぎながら見ていた。その日、しこたま濡れた私は母と同じ急性肺炎で、母の伏す病院の隣室で高熱を出してあえいでいた。

後年、私は叔母から母の臨終の時のことを聞いた。正に息を引きとろうとする瞬間、母はしっかりと目を見開き、父に体を起して欲しいという仕草をし、父に抱きかかえられた後、父と姉そしてまだ余りにも幼かった五つと三つの、二人の弟の顔をぐるっと見回したあと、「一人足りない」と、私の名を口にしたと言う。叔母が「寿雄は学校から帰って疲れて昼寝をしている」と、耳元でささやくと、ふっと表情をやわらげ口元にかすかな微笑《ほほえみ》を浮べ、「そう……また会えるからいいよ……」と一言残して事切れたという。

母の死から七十七年もの齢《よわい》を重ねた今。偉大なる母の無償の愛をひしひしと実感し、幼子のように母の乳房を恋しがっている、自分を発見し、戸惑うことがある。思えば決して平坦なものではなかった。人生の節目節目に母がいて、私を導いてくれたような気がしてならない。私は今万感の思いを込めて、師走も押し迫った寒い雪の降る朝、私を生んでくれてありがとうと言いたい。

〝天の川　はるかはるかに　母います〟

彼岸花

一、幸せでしたよ　ありがとう
あなたが呼んでる　気がします
白い雲とぶ　秋路の旅に
そっとほゝえみ　咲いている
かあさんみたいな　彼岸花

私はこれからも生ある限り、愛と別れの詩《うた》を書き続けたいと思ってる。

宿命への挑戦

関名　ひろい　神奈川県

終戦まなしの混乱期に病魔におかされ、三日三晩、高熱にうかされ、命は取り留めたものの手足の麻痺が残った。

この世に生を受けてから、わずか二年のことで幼な子は脊髄性小児麻痺の障がいを背負う宿命となった。

わたしは四歳になっても立つことすらできずにいた。家の中を這《は》いずり、外にでて泥にまみれ、近くの子供達と屈託なく遊びに暮れた。右足は完全に麻痺し左足は自力でかすかに動かせる。右手は多少の麻痺が残り、おさじがやっと握れた。左手だけが麻痺から免れた。

わたしが障がいになったのは、物心つかない頃で、体が不自由であることに、さして異和感もなく、まわりの人達も、わたしを特別視しなかった。我が身の非運をなげくこともなく、あどけなく明るい性格だった、と叔母から後年聞かされた。この先、幾多の壁が立ちはだかっているとは思いも及ばなかったことだろう。

この頃の記憶は残っていない。だが、五歳になったある日の出来事は強烈に記憶のかけらとして残っている。

いつも、にこやかな祖父が、その日に限って怖い顔をしていった。

「もうすぐ小学校だべ。歩けなけゃあ、行けねぇ。歩けるよう訓練すんだよ」

「ぼ、ぼくが歩けるって？」

「そうだ。ほれ、わしがな、竹で作った松葉杖じゃ」

そばに二本の松葉杖が置かれていた。

「おじいちゃん、嘘じゃないね。ぼく、やるから……」

「そうか、きびしいぞ！　負けるな」

その日から、特訓がはじまった。すぐに松葉杖で歩けるはずがない。まず、立ち上がることだ。だが、できない。ハードルが高すぎる。左足もすっかり萎《な》えて青白く力がない。

高さ十センチ、三十センチ四方の台に座ることからはじめた。台に両手をつけて、尻を持ち上げるのだが、右手が肘《ひじ》で曲がって、ぐにゃりとしてしまう。しまいには、おでこをぶつけて瘤《こぶ》ができてしまった。

「おじいちゃん、痛いよおっ」

「がまんしろ、まず、筋肉をつけることだ」

ラムネのガラスビンを不自由な右手に持ち上下させる。続けるうちに腕が上がらなくなる。

「あと少しだ」

「寝いよ」

「学校に行くためだ。泣くな」

はだか電球のうす暗い、筵《むしろ》をしいた上で、わたしは泣きべそをかいていた。柱時計が十一時をさしていた。

その後、力がついて台に座れるようになった。左足をふんばってイスに座ることができたのは訓練しはじめて三か月後だった。

イスから、松葉杖を立て身をおこすことができない。すぐに体がたおれてしまう。

バランス感覚がつかめない。そして、脇の下に松葉杖をはさめるようになった。が、体がふらつく。松葉杖を前に出しても足がふるえて前に進まない。足を動かすと同時に転ぶ。

思うように、うまく松葉杖を操れない。

ある日、転び膝から血が流れだした。

「おじいちゃん、痛いよおっ」

「つばをつけとけ、今、絆創膏を持ってくるから……」

おじいちゃんが奥にいった。ふっと、又影が動く気がした。影の形からして父のようだが姿はすでにない。柱の陰にかくれて見ていたようだ。土間のすきまから、冷えきった風が入る。木枯しが唸っている。その日、夜の帳《とばり》が深くなっていたが、容赦なく歩行訓練は続いた。

かくして、特訓のかいがあり少しずつ歩行ができるようになったのは小学校の入学半年前だった。その頃、祖父を憎んでいた。特訓中、鬼の顔にみえた。わたしは祖父の背におぶさり、親戚の家の祭りによく連れていかれた。あれほど、かわいがってもらったのに祖父を嫌い、歩けて感謝すべきだったが、喜びはわかずにいた。

それに輪をかけて予期せぬ知らせが舞い込んだ。父が浮かぬ顔をして封筒をにぎりしめている。

「父ちゃん、どうしたの?」

「小学校に行けなくなっちまった」

「ぼくが、なぜ、歩けるし、字もわかる、本だって、みんなより読んでるよ。ほら、見てランドセルだって……」

わたしの声はふるえていた。泣きながら、父にしがみつき、腰の辺りを叩いて地団駄を踏んだ。小学校の入学不許可の通知が教育委員会から届いたのだ。

昭和二十六年頃の世相にあって、憲法二十五条に誰しもが教育を受ける権利が保障されながら、障がい児は、いたく差別を受けていた。障がいのある者は、人目に晒すことなく家に閉じ込めておく。わたしの住む地域にあった話だが、座敷牢に隔離されていた若い女性がいた。暗澹《あんたん》とした閉鎖社会にあったにちがいないが、人々の心までが蝕《むしば》まれていた気がする。

教育委員会の知らせに父は激怒した。市長に直訴した。不許可の理由は曖昧で、市長は言葉をにごした、と後々聞かされた。

父は頑固一徹の気性とあってか諦めることなく教育委員会に日参して、息子の入学の許可を希《こいねが》った。

そして、父の熱意が通じたのか、差別という氷壁が瓦解した。みんなより一年遅れで、わたしは小学校に入学できた。

苛《いじ》められることもなく通学できた。中学校高校そして大学と、断じて消え去ることのない差別と葛藤しながらも教育を受けることができた。

ただ、思春期に受けた苦い体験は今もって心の澱《おり》となって消え失せることはない。

紺碧の空がまぶしい日だった。橋の上にさしかかった。むこうから母子が歩いてきた。行き過ぎるときだ。うしろから幼な子の声がした。ふり返ってみた。

「ママ、ほら見てよ。あの人、足が曲がっているよ」

「だめよ、みちゃ！」

母親はわたしに冷ややかな視線を向けてから幼児の手をもぎとるようにして、そそくさと立ち去った。

一瞬にして空から光が消え、雷鳴が轟いていた。陸橋を走る電車のふたつのライトが、にじんで、ぼやけて映った。

その後、幾度となく同じような情況に晒された。ある日、デパートのエレベーターの中で母子と出くわした。

「ママ、かわいそう、歩けなくて」

またか、とわたしは身を固くした。

「がんばっているのよ」

「そうか」

母子は別れぎわ、笑顔を返してくれた。

父が亡くなる三日前に聞かされたことがある。

「おじいちゃんがな、わたしに言ってたよ。おまえに謝りたいと……歩く訓練で、きびしくしたって……わたしも柱のかげでみていた。おまえもよくがんばった」

わたしは号泣した。わたしこそ、祖父に謝りたかった。古希を迎えるまで松葉杖で歩けたのも祖父のおかげだ。人並に教育をうけることができたのも父あってのことだ。

母子から罵声を浴びせられたときも、「病気なんだ。でも大丈夫だから」と無垢な幼児に言ってあげられなかったのか。若気の至りと思っている。

昭和四十三年、「三百六十五歩のマーチ」の曲が流れていた。わたしが就職して二年目のことだ。悩みぬいていた。三歩進んで二歩さがる。このフレーズを聞いたとき、ひらめいた。わたしには謙虚さが足りなかった。すべてに感謝するようになった。この曲に出会い人生の転機となったし、応援歌となっている。

認知症介護の先の日だまり

福島　直子　東京都

ある日突然、母が認知症になってしまった。

二〇一一年十一月七日の夕方、救急隊と名乗る方から電話があった。

「福島かねさんは、お母様で間違いないですか？　買い物帰りに階段を踏み外して転倒されたようで、今、病院に向かっています」

二〇〇七年に父が亡くなってから、横浜でひとり暮らしをしていた。その母が、足首骨折による入院をきっかけに、認知症を発症してしまったのだ。

その日を境に、私の生活、私の人生が思いもよらぬ方向に転換していった。言うなれば、セカンドステージのはじまりだ。

＊　＊　＊

昭和三十四年生まれの私は、二十才の頃からフリーライターとして自由気ままに過ごしてきた。現在は、夫と大学生のひとり娘と共に東京で家庭を築いているが、フリーライターという職はずっと続けている。約三十年、仕事といえば、書くことしかやってこなかったのである。〝もうすぐ、娘も手が離れる。そうしたら、苦手な英語の勉強でも、腰を据えてやってみようかな〟と思っていたが、そんなのんきなことは言っていられなくなった。早々に、エイゴではなくカイゴを学ばなくては……。まだ七十代の母が認知症になるとは頭の片隅にもなかったので、何をどうしていいのやらさっぱりわからなかったのである。

面会に行ったとき、テレビのリモコンをチョコレートと思ってかじろうとしていた母。そんなにチョコが食べたいのかと、次の面会で母が好きだった明治の板チョコを持っていった。すると今度は、それでテレビをつけようとする。「私はね、銀座のホステスのナンバー2だったのよ」と、看護師に言ったこともあった。どうせホラ吹くなら、ナンバー1にしておけばよかったのに。病室に入ったら「あら、直子もパーマかけに来たの？」と、いきなり聞かれたことも。母ちゃん、ここは美容院じゃなく、病院だってば！

どんなに認めたくなくても、母が認知症であることは明らかだった。私は、覚悟を決めなければならなかった。そんな母と生きていくことを。

まずは、実家の風呂とトイレをバリアフリーにした。万が一、母が車椅子生活になってもいいように。認知症を知るために、本を読んだりセミナーに行ったりもした。

そうやって着々と母と暮らす準備をしている中、思いがけない連絡が舞い込んだ。病院のソーシャルワーカーの勧めで、ダメ元で申し込んでおいた特別養護老人ホームから面談を申し込まれたのだ。五百人待ちはあたりまえという、あの、入所できたら奇跡と言われている〝特養〟に入れるかもしれない。

私の心は揺れた。母が施設に入ってくれたら、私は楽になるだろう。でも、自分のエゴで長年住んできた家から母を引き離していいのだろうか？　いいわけがない。父も妹も、他界している。母を支えられるのは、私しかいない。その私が、母の世話を他人任せにしてしまったら、母はきっと淋しい思いをするに違いない。ここはやはり、私が東京と横浜の二重生活をするのが一番いい。

そう気持ちを固めたのに、病院関係者も介護申請のときにアドバイスしてくださったケアマネジャーも、みんな口をそろえて施設入所を勧めてくる。

「介護者がひとりしかいないのなら尚のこと、施設に預けたほうがいいですよ。でないと、あなたが潰れることになってしまう」

と。そんな折、自分の考えをえざるをえなくなるようなニュースをテレビで観た。ずっとアルツハイマーのお父様の介護をして、『女ひとりで親を看取る』という本も出されたタレントの山口美江さんが、急死したという。身につまされた。介護でがんばり過ぎると命を縮めることにもなりかねないと、教えられたような気分だった。そのときから、私の気持ちは一挙に〝施設入り〟に傾いた。

「施設を基盤にして、ときどき自宅に外出や外泊をすればいいんじゃない?」

というケアマネジャーの言葉にも、背中を押された。そうして認知症を発症してわずか半年という早さで、母の特養入所が決まったのである。

＊　＊　＊

その特養は、まるでリゾートホテルの趣だった。ロビーは広く、個室の部屋も日当たりがよくて居心地がいい。職員の方々も、忙しそうではあったけど、ちゃんと目配り気配りをしてくださり、母も落ちついている。

これでもう、安心。バンバンザイ!　……そう思えたら、どんなにいいか。母を施設に入れたその日から、私の頭には〝罪悪感〟という怪物が棲みついて離れない。振り払っても振り払っても、ソイツは大きくなるばかり。

あまりにも苦しく、誰かに気持ちを聞いてもらいたくて、認知症介護者の会なるものに顔を出してみた。しかしそこで聞いた話は、老老介護で介護者も八十才越えなのに特養に入れない、徘徊や暴言など母よりひどい症状なのに特養に入れない、といったこと。私の罪悪感は消えるどころか、母に対するのとはまた違った別の罪悪感も加わることになってしまった。

母と、そして特養に入りたくても入れない方々に申し訳ない。そんな風に心をチクチクさせながら過ごしていたある日曜日、いつもなら見ないのに〝介護〟の活字に引っかかったのか、新聞の折り込み求人チラシに目がとまった。うちの近所に認知症の方々が共同生活を送るグループホームがオープンすることになり、介護ヘルパーを募集していたのだ。無資格・未経験でもいいとのこと。今となっては本能としか思えないのだが、気づいたらその日のうちに電話をしていた。面接後、すぐに採用となった。

罪滅ぼし、だったのかもしれない。他人を介護する時間があるなら親を介護すべきでは、という疑問も確かにあった。けれども、認知症の方々と過ごす時間は、私にやすらぎを与えてくれた。毎日、自然と笑顔がこぼれていた。「はみがきしましょうね」「はちまきはいらん」そんな言葉のキャッチボールが、楽しくて仕方ない。

一寸先は闇と言うけれど、ずっと闇なわけではない。歩みを止めずに進んでいけば、闇の先にはまた、日だまりがある。

＊　＊　＊

介護職員初任者研修を修了し、介護の資格も獲った私は現在、デイサービスで働いている。グループホームにいた頃、同僚から「レクの女王」と呼ばれたこともあり、レクリエーション中心の職場に移ったのだ。ご利用者と、とにかくいつも身体を動かしている。

記憶力を改善させるには同時にふたつのことをするといいと認知症セミナーで学んだので、懐メロを歌いながら体操をしている。それを『うたいそう』（うた＋たいそう）と名付けた。幸い私は、趣味でよさこいソーランやヒップホップダンスをやっているので、曲に合わせて振り付けを考えることは苦にならなかった。いまや四十曲のレパートリーを持っている。

書くことしかしてこなかった私が、高齢者を前に、

「さあ、お楽しみの『うたいそう』の時間が来ました。まずは『三百六十五歩のマーチ』に合わせて、関節体操、いってみよ！」

などとやろうとは、何年か前は夢にも思わなかった。だから人生、おもしろい。いみじくも、認知症の母が言っていた。

「最近、どんどんいろんなことを忘れちゃうの。でも、今日が楽しければいいのよ。過去は過去。未来は未来」

そして今日も私は、ご利用者に向けてマイク片手に朝の挨拶をする。

「ではみなさん、今日も明るく元気に楽しくまいりましょう」

と。自分に言い聞かせるように……。

全部僕のせい。

児玉　昭太
愛知県

僕は今、交差点にいる。

もう長い事、次に進むべき道を選べないでいる。二十代の全てをバンドに捧げて生きてきた。諦めずに夢を追い続ければ、いつか必ず叶うと信じてきた。

でも現実は甘くなかった。バンドは解散し、夢から覚めた。

今では小さな町工場で働きながら、空っぽの日々を過ごしている。毎日同じ仕事を繰り返し、パチンコの話や合コンの話に囲まれた生活。フワフワしていて耳障りな言葉から逃れるようにして、黙々と仕事をこなしている。規則正しい機械の音を聞いていると、耳障りな言葉の数々は消えていく。気がついたら機械の音に合わせてリズムをとっている。そして思う。僕の人生は何だったんだろうと。

十二歳の時、両親にギターを買ってもらったのが全ての始まりだった。二〇〇五年、地元名古屋を拠点として本格的にバンドを始め、気がついたらプロを目指していた。僕が二十歳の時だ。毎週スタジオに入り、月に何本もライブをこなした。最初の頃は二人しかお客さんがいない時もあった。それでも次第に客が入るようになり、それなりに話題になったりして、ラジオにも何度か出演した。そしてバンド結成から三年後、インディーズデビューの話が出始めたタイミングで、最初のバンドは解散した。リーマンショックなんて俺達には関係ないって思ってたのに、その影響で両親が職を失い、生活の為にこれ以上音楽を続ける事はできないとヴォーカルから告げられた時の喪失感は、今でもハッキリと覚えている。こうして僕は、二〇〇八年に最初の夢を失った。

二〇〇九年には新しいバンドを結成し、再びゼロから活動をスタートしていた。確かに最初のバンドの解散は堪《こた》えたし、解散後直ぐに派遣切りにあい、職を失った事もあって精神的にかなり追い込まれていたけど、だからといってグズグズしてる暇はなかった。僕は諦めなかった。失ったのならまたゼロから始めればいい。諦めない事が大事なんだ。前回はいい所まで行ったんだから、今回だってきっと行けるはずだ。しかも今回は前回の経験が活かせる。前回のバンドで得た沢山の繋がりも活かせる。きっとうまくいく。そう確信していた。実際、このバンドはすごく順調だった。結成して半年も経たないうちに、東京でのイベントに呼ばれたり、前回よりもかなりハイペースで集客率は上がっていった。

毎日が音楽だった。仕事を終え、ギターを弾いて、曲を作って、スタジオで練習して、ライブをして、それをまた繰り返す。楽しくてしょうがない。こんな生活が一生続けばいいと思っていた。一生続くように頑張ってた。

そしてこの頃、僕の周りでは様々な変化があった。同年代の友人達が仕事で昇進し、結婚して、子供ができて、家を建てて……。

皆が大人を生きていた。皆がそれぞれの人生を歩んでいた。でもそれは僕も同じだった。皆は結婚という道を選択し、ぼくは音楽という道を選択した。それだけの事。そこに迷いは無かったし、むしろ誇らしかった。やりたい事を自由にやっている自分が、夢を追い続けてる自分が誇らしかった。それでもどうしようもなく不安になる事もあった。定職にもつかず、好きなように生きてる自分に対する不安、漠然とした将来に対する不安、それら不安の塊が、時折僕を襲った。ある時は夜中に、ある時は仕事中に、運転中に、ソイツは好きな時に現れては僕の心を曇らせて去っていった。ソイツが邪魔をして眠れない夜も多々あった。それでも僕はギターを弾き続けた。これまでの人生も、これからの人生も、どうなろうと全部僕のせい。曇ってもいい。雨が降ってもいい。雨が続いてもいい。全部僕のせいだから。いい事も悪い事も全部。いつか晴れるんなら、その時まで頑張ればいい。傘に落ちてくる雨の音を楽しめる人間になればいい。そう自分に言い聞かせ、ソイツが来る度に振り払った。二十四歳の夜だった。

今思えば、この頃の僕が一番ストイックだったように思う。音楽以外の事には一切興味を持たず、友人からの誘いにも『Ｎｏ』と答える回数が増えていた。そのせいで離れていった友人もいたが、僕はあとを追わなかった。母親からの結婚の催促にも『Ｎｏ』、女性から交際を申し込まれた時も『Ｎｏ』、上司からの正社員の誘いにも『Ｎｏ』と答えた。たまに僕を曇らす『ソイツ』が現れたが、僕はぶれなかった。しかし確実に何かを犠牲にしていた。

そこまでストイックに愛を捧げても、音楽の神様は振り返ってはくれなかった。『Ｎｏ』をコピペしながら夢を追う日々。肝心なバンドはある一定から伸びなくなっていて、完全にスランプに陥っていた。二〇一二年、僕が二十七歳の頃だった。何かを変える必要があった。そして僕たちはレコーディングに取り掛かる事になる。初のフルアルバムを制作し、それを武器に一気に駆け上がろうと皆で誓った。レコーディングは実に一年半に及んだ。仕事をし、レコーディングをし、たまにはライブをし、僕の二十代にハイライトがあるとすれば確実にこの時期だったと思う。レコーディングも終わりに差し掛かった頃には、東京と静岡の二つのレーベルからお誘いも受けていた。二〇〇八年のあの日からようやく先に進める。掴みかけた夢を見失ってから五年、今度こそは掴み取るはずだった。二〇一三年、二回目の解散の原因を作ったのは『ウサギ』だった。ジャケットに使うウサギのイラストの色を巡り、メンバー内で揉めた。些細な事だったのだが次第に話が大きくなり、気がついたら今までの不満をぶつけ合っていた。何度も話し合いをし、数ヶ月の活動休止期間も設けたがそれも意味が無く、二〇一四年四月、バンドは解散した。僕たちの五年間はモスバーガーで終わりを告げた。僕の九年間は、パズドラで盛り上がっている若者達の隣の席で静かに終わりを告げた。

あれから約一年。僕は今、人生の交差点にいる。今まで走ってきた道はもう続いていない。色をもらえなかったウサギが走り去っていったのが最後だ。交差点で立ち尽くしていると、「三百六十五歩のマーチ」が聞こえてきた。次に進む為に、僕は書くことでちゃんと過去と向き合おうと決めた。読書感想文ですらあとがきを丸写ししていた僕にとって、こんなに長い文章を書くのはすごく大変な事だった。それでも書き終わってみると、心は少しだけ軽くなった気がする。過去を振り返るのはやめよう。見えない未来に悩むのはやめよう。『ソイツ』を振り払うのはやめよう。今をしっかり生きて、『ソイツ』と向き合おう。

ここに書かれているのは、誰も気にすることの無い一つの小さな人生かもしれない。それでも僕にとっては、この不器用な文章全てが次に進むために必要な燃料なのだ。

応募フォームからこの人生を送信したのち、僕は交差点から立ち去ります。過去を燃料に、新しい道を歩んで生きます。新しい道がどこに続いているかは分からないけど、どうなろうと全部僕のせい。十年後にまた、「三百六十五歩のマーチ」が聞こえてきたなら、その時は今よりも上手に歌いたい。

マイ・ライフ　三歩進んで二歩さがる

2015年11月15日　初版第1刷発行

編　者　「マイ・ライフ」発刊委員会
発行者　瓜谷 綱延
発行所　株式会社文芸社
〒160-0022 東京都新宿区新宿1－10－1
電話 03-5369-3060（編集）
03-5369-2299（販売）

印刷所　株式会社晃陽社

ISBN978-4-286-16877-7　日本音楽著作権協会（出）許諾第1509083-501号